La Lanterne de Nyx

KAN TAKAHAMA

1

sommaire

1944, Kumamoto
BOOOUM
AAH !
C'EST FINI, MAMIE !
ON VA MOURIR ICI !
MAIS NON...
LA GUERRE VA BIENTÔT SE TERMINER...
JE TE RAPPELLE QUE JE L'AI VU !
C'EST VRAI ?
OUI, C'EST VRAI !
HIII !
BOUM
J'AI UNE VISION TRÈS NETTE D'UN AVENIR HEUREUX POUR TOI !
QUAND JE TOUCHE TA BROCHE...

TU VEUX QUE JE TE RACONTE UNE BELLE HISTOIRE ?
UNE HISTOIRE DE L'ÉPOQUE LA PLUS MERVEILLEUSE DE TOUS LES TEMPS ?
L'ÉPOQUE LA PLUS MERVEIL-LEUSE ?
BOUM
OUI...
JE N'ÉTAIS ENCORE QU'UNE JEUNE FILLE...
ET TOUT LE MONDE TRÉPIGNAIT D'ENTHOU-SIASME, EN CE TEMPS-LÀ.
MOI, EN REVAN-CHE...
MON PÈRE VENAIT DE MOURIR À LA GUERRE...
ET ON M'AVAIT EMMENÉE DANS UNE VILLE INCONNUE.
J'ÉTAIS AU PLUS MAL...
VRRR
BOUM
MAIS UN BEAU JOUR, J'AI FRANCHI UNE PORTE ÉTRANGE...
ET LE MONDE QUE JE CONNAISSAIS A BASCULÉ DU TOUT AU TOUT...
TOC TOC

Numéro 1 Alice et le lapin blanc

*N.D.T. : "ban" (barbare), caractère désignant à l'époque les choses venues de l'étranger et formant ici un jeu de mots avec le français "vingt", dont la prononciation est similaire en japonais.
**De droite à gauche et de haut en bas :
Nouvel arrivage bientôt
Souvenirs de l'Exposition universelle
Machines
Bijoux
On recherche une vendeuse.

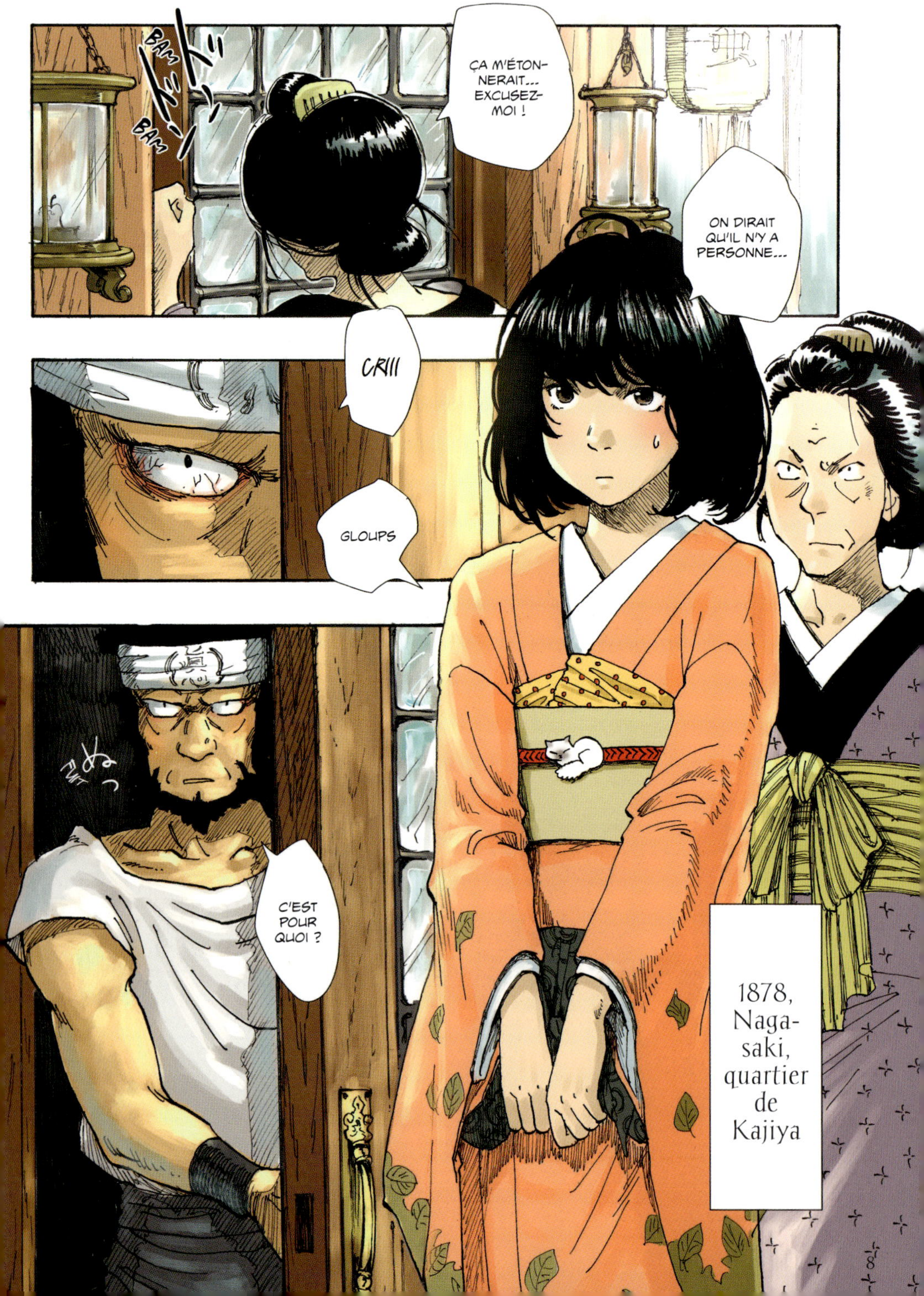
ON DIRAIT QU'IL N'Y A PERSONNE...
ÇA M'ÉTON-NERAIT... EXCUSEZ-MOI !
BAM
ドン
BAM
CRIII
GLOUPS
1878, Naga-saki, quartier de Kajiya
C'EST POUR QUOI ?
ぬっ

AH ...
EUH ...
*Le sourire d'abord
*Dévouement
N...
NOUS AVONS APPRIS QUE VOUS RECHERCHIEZ UNE VENDEUSE ET...
JE VOUS PRÉSENTE MA NIÈCE !
JE VOIS...
UNE SECONDE !
BRRM
BRRM
...
METS-Y DU TIEN !
TU NE SAIS NI COUDRE, NI FAIRE LE SERVICE...
ET C'EST À PEINE SI TU SAIS SOURIRE !
ON NE TROUVERA PAS D'AUTRE ENDROIT QUI VEUILLE DE TOI !
OUI...
JE SAIS !

INSCRIS ICI...
TES COORDONNÉES...
ET TES COMPÉTENCES.
EUH, C'EST-À-DIRE...
QUE JE NE SAIS ÉCRIRE QUE MON NOM ET MON ADRESSE...
AH BON ?
JE VAIS NOTER, ALORS.
D'ACCORD...
JE M'APPELLE MIYO...
J'HABITE DANS LE QUARTIER D'IMAKAGO...
TU CONNAIS DES LANGUES ÉTRANGÈRES ?
NON...
TU SAIS TENIR LES COMPTES ?
JE NE L'AI JAMAIS FAIT...
ET POUR CE QUI EST DU TRAVAIL PHYSIQUE ?
SI J'ESSAIE, SANS DOUTE...
PFF...
TU AS PU LIRE L'ANNONCE, AU MOINS ?
AHEM !
VOUS SAVEZ...
C'EST UNE BONNE PETITE, TRÈS SOIGNEUSE...
MÊME SI ELLE N'A PAS DE TALENT PARTICULIER...
ET PUIS...

NAVRÉ, MAIS JE NE PEUX PAS PRENDRE CE GENRE DE DÉCISION...
LAISSEZ-MOI JUSTE FINIR !
ON M'A SEULEMENT DIT DE TROUVER QUELQU'UN QUI RÉPONDE AUX CRITÈRES...
CETTE FILLE A...
...
PFF
VENEZ, MA TANTE !
JE NE REMPLIS AUCUNE DES CONDITIONS...
C'EST SANS ESPOIR...
VOUS N'ÊTES PAS LE PATRON ?
NON...
HÉLAS, LES RÉAPPROVISIONNEMENTS L'OBLIGENT À S'ABSENTER POUR DE LONGUES PÉRIODES...
ガラガラ
CRRR
ガラガラ
CRRR
CRIII
IL DEVRAIT RENTRER BIENTÔT, MAIS...
?
ガラガラ
CRRR

SPLAF
OUAH!
?!
M.K

QU...
QUE S'EST-IL PASSÉ ?!
AH...
ON DIRAIT QU'IL EST DE RETOUR...

QUELQU'UN EST TOMBÉ !
AÏE...
FRSH
BRRM
AAH...
JE SUIS RÉVEILLÉ !
VOUS ALLEZ BIEN ?!
SALUT, GANJI !
CLAC
ME REVOILÀ !

ÇA TANGUE...
FLOP
PFF
BEUH, J'AI ENCORE L'IMPRESSION D'ÊTRE EN MER...
TIENS ?
TSS, À CHAQUE FOIS, C'EST LA MÊME CHOSE...
TU NE PEUX PAS REVENIR SANS TOUT CASSER ?
HA HA HA...
RASSURE-TOI, J'AI PRIS MES PRÉCAUTIONS, CE COUP-CI...
J'AI ENVOYÉ TOUS LES OBJETS FRAGILES SÉPARÉMENT !
VOUS ÊTES SÛR QUE VOUS N'AVEZ RIEN ?
...
QUOI ?!
UNE CLIENTE ?
NON, J...
HEIN ?
NON ?
ELLE EST LÀ POUR L'ANNONCE !
AH...
EN FAIT ...
PARFAIT ! JE RENTRE TOUT JUSTE DE PARIS...
ET J'AI RAPPORTÉ PLEIN D'ARTICLES FORMIDABLES !
JE VAIS LES DÉBALLER TOUT DE SUITE, VENEZ VOIR !

AH, D'ACCORD !
TRÈS BIEN !
ASSIEDS-TOI, JE T'EN PRIE !
TON NOM ?
M...
MIYO !
D'ACCORD, ET DE QUOI ES-TU CAPABLE ?
À VRAI DIRE...
MOMO, ON PARLERA À L'INTÉRIEUR !
DÉSOLÉE, ON M'A DÉJÀ POSÉ LA QUESTION...
ET JE NE REMPLIS AUCUN DES CRITÈRES D'EMBAUCHE...
BAH, AU MOINS...
TU AS L'AIR D'ÊTRE UNE FILLE, C'EST DÉJÀ ÇA !
ALLEZ, ENTRE !
VOUS SAVEZ...
CETTE PETITE POSSÈDE UN POUVOIR TRÈS SPÉCIAL, EN FAIT !
JE SUIS SÛRE QU'ELLE SAURA VOUS ÊTRE UTILE !

AH OUI ?
C'EST-À-DIRE ?
QUAND MIYO TOUCHE UN OBJET...
ELLE EST CAPABLE DE VOIR SES PROPRIÉTAIRES PASSÉS OU FUTURS !
OOH !
UN DON DE VOYANCE ?
INTÉRES-SANT !
DANS CE CAS, PEUX-TU ME DÉCRIRE LE FUTUR PROPRIÉTAIRE DE CETTE MONTRE ?
AH, ASSIEDS-TOI ICI !
EUH ...
OUI !
ALORS ?
ELLE IRA...
À UNE FEMME UN PEU ENVELOP-PÉE...
PEUT-ÊTRE QUELQU'UN DE RICHE...

ET SON PROPRIÉTAIRE PASSÉ ?
OOH...
EUH...
FUIT
PASSÉ, VOUS DITES ?
OUI...
PASSÉ !
HMM...
J...
HA HA !
JE NE VOIS RIEN !
TOUT JUSTE !
DÉSOLÉ, JE T'AI TENDU UN PIÈGE...
TOUT S'EXPLIQUE...
CETTE MONTRE EST TOUTE NEUVE, ELLE N'A JAMAIS APPARTENU À PERSONNE !
C'ÉTAIT FASCINANT, MERCI...
JE TE DONNERAI UNE RÉPONSE DANS LA SEMAINE !

...
JE M'EN DOUTAIS...
C'EST NON, HEIN ?
...
ポリ SCRATCH
ポリ SCRATCH
QUEL DÉFAITISME ! JE N'AI ENCORE RIEN DIT DE TEL...
ぽろ PLIC
ぽろ PLIC
ぽろ PLIC
OUAH !
MAIS ENFIN...
QU'EST-CE QUI T'ARRIVE ?!

*N.D.T. : Satsuma était un domaine féodal de l'île de Kyushu, où se situe aussi Nagasaki. Opposé à l'ouverture du pays sur l'Occident et à l'abolition du système féodal, le domaine Satsuma se rebelle contre le nouveau gouvernement en 1877. Sa défaite marque la fin de la caste des samouraïs.

La première tablette de chocolat au lait, élaboré par le chocolatier suisse Daniel Peter. Sa commercialisation commença peu avant cette histoire (en 1876). Apparemment, Daniel Peter était à l'origine un fabricant de chandelles. Son projet était un vrai saut dans l'inconnu.

LES MAUVAISES PASSES NE DURENT JAMAIS ÉTERNELLEMENT !
MANGE DONC CES SUCRERIES, PEUT-ÊTRE QU'ELLES TE REMONTERONT LE MORAL !
DU...
CHO-COLAT...
HEIN ?
QU'EST-CE QUI NE VA PAS ?
...
TU PLEURES ENCORE ?
EUH...
VOUS NE DEVRIEZ PAS FROISSER CE PAPIER...

QUELQU'UN Y TENAIT BEAUCOUP...
QUOI ?
PANORAMA DE PARIS
VU DE LA NACELLE DU
GRAND BALLON CAPTIF À VAPEUR
DE LA COUR DES TUILERIES
TOUS LES JOU
25000 MÈTRES CUBES
36 MÈTRES
500 À 600 MÈTRES D'ALTITUDE
DE SON ASCENSION
SPÉCIMEN DE LA MÉDAILLE
IL AVAIT UN PROPRIÉTAIRE !

TU VEUX DIRE...
UN COLLECTIONNEUR D'AFFICHES ?
コク
DES VIEUX PAPIERS, PARFAITS POUR EMBALLER LE CHOCOLAT !
Bière
J'EN PRENDS UN !
?
?
AH, IL MANQUE UNE AFFICHE !
Bière
TAP スタ
TAP スタ
EFFECTIVEMENT...
JE N'Y AVAIS MÊME PAS PENSÉ !
ÇA FAIT DE MOI UN VOLEUR !
どすっ
PLOF
19/36
1878 PARIS

TU L'AS VU GRÂCE À TON DON ?
HEIN ?!
EUH, OUI...
C'EST EXACT !
...
D'ACCORD, TU ES PRISE !
SOIS LÀ DEMAIN !

QUOI ?!
C'EST VRAI ?!
MERCI INFINIMENT !
MIYO, REMERCIE LE MONSIEUR !
TU TOUCHERAS UNE PAIE D'APPRENTIE PENDANT TROIS MOIS...
ET PUIS ...
ET PAS BESOIN D'APPORTER TON MANGER...
GANJI N'EN A PAS L'AIR, MAIS C'EST UN VRAI CORDON BLEU !
HEIN ?
ぽかーん
QU'EST-CE QUI NE VA PAS ?

RIEN...
JE NE SAIS RIEN FAIRE DU TOUT, ET...
C'EST JUSTE QUE JE NE M'Y ATTENDAIS PAS...
TU SAURAS BIEN TE RENDRE UTILE...
AVEC TON DON !
AH !
MERCI BEAUCOUP !
BON, SUR CE...
À DEMAIN, D'ACCORD ?
DÉSOLÉ...
MAIS JE CROIS QUE J'AI ATTEINT MA LIMITE !
HEIN ?!
ガチャン
PLAF

*Nouvel arrivage bientôt
**Souvenirs de l'Exposition universelle

Cabinet of Takahama

1 LES CHOCOLATS DE SA MAJESTÉ

Ces derniers temps, je suis devenue accro aux MRE (Meal, Ready-to-Eat, des rations de combat), aussi l'émotion était-elle à son comble.

Se passionne souvent pour des choses improbables.

Très finement décoré. On peut lire les noms des pays alliés dans les angles.

Dans ce chapitre apparaît la première tablette de chocolat au lait. À cette époque, la première révolution industrielle avait rendu possible la production de masse, et la popularité du chocolat allait grandissante. Les enfants de familles modestes savouraient sans doute chaque bouchée du chocolat que leur rapportait leur père. Bien sûr, les adultes l'appréciaient tout autant.

Cette boîte est un cadeau de Noël offert à l'hiver 1914 par la reine d'Angleterre aux soldats montés au front. Le réceptacle en bronze de qualité contenait un assortiment de chocolats et de tabac. Combien de jeunes hommes ont bien pu être réconfortés par ces douceurs alors qu'ils pensaient à leur famille ou à leur amour au milieu des tranchées ?

Numéro 2 Au fond du terrier
KAAA
PAPA, NON...
BOUM
BOUM
NE VA PAS PAR LÀ...
KAAA
LES BALLES VOLENT !
C'EST DANGE-REUX !
PARLE TANT QUE TU VEUX, IL NE T'ENTEND PAS !
PERSONNE NE T'ENTEND JAMAIS !

LAISSE-MOI !
SI JE N'ARRÊTE PAS MON PÈRE, IL VA S'EN ALLER POUR TOUJOURS !
DE TOUTE FAÇON, IL NE VEUT PAS DE TOI !
PUISQUE JE TE DIS...
QU'IL DISPARAÎTRA QUOI QU'IL ARRIVE !
PAPA !
NE PARS PAS !
JE T'EN PRIE !
PAPA...
GLOUPS

ムクッ
FSH
...
とっとと
TAP TAP
PFF
CUI
CUI
TCHAC
TCHAC
PAS FÂCHÉE D'AVOIR ENFIN...
TROUVÉ UNE PLACE À MIYO !
JE ME DISAIS BIEN QUE ÇA POURRAIT MARCHER ...
UNE BOUTIQUE DE CE GENRE !
FSH

*35

*La rébellion de Satsuma

*Gazette de Nagasaki

しーん…
FSH
...
CETTE PETITE N'EST VRAIMENT PAS HABILE DE SES MAINS...
ELLE N'EST MÊME PAS FICHUE DE PRÉPARER LE BOUILLON SANS LE FAIRE TROP BOUILLIR OU SANS LAISSER LES ALGUES JUSQU'À CE QUE ÇA EMPESTE LA MARÉE !
À SE DEMANDER COMMENT SON PÈRE L'A ÉLEVÉE !
COMME QUOI, TOUT S'ARRANGE...
JUSQUE-LÀ, ELLE N'ÉTAIT BONNE QU'À MANGER À L'ŒIL !
SURTOUT NE VA PAS TE FAIRE VIRER, C'EST COMPRIS ?
...
D'AC-CORD ...
AVEC SON DON...
ÇA NE RISQUE PAS, SI ?

COMME ELLE N'AVAIT AUCUN AUTRE ATOUT À METTRE EN VALEUR...
AH, C'EST-À-DIRE QUE...
DOIS-JE COMPRENDRE ...
QUE TU EN AS PARLÉ À SON EMPLOYEUR ?
VSH
...
OUI...
ENTEN-DU...
ÉVITE D'ÉBRUITER CES HISTOIRES À DROITE ET À GAUCHE.
BON ...
TÂCHE DE FAIRE DE TON MIEUX !
D'AC-CORD ...
PLOF
ET N'OUBLIE PAS DE SOURIRE...
DE TOUTES TES DENTS !
TAP
TAP

CRR
CRR
...
SURTOUT...
NE VA PAS TE FAIRE VIRER...
PFF...

心
JE NE CONNAIS PAS LA PARTIE DU HAUT, MAIS J'AI RECONNU LES TROIS GOUTTES ET LE TRAIT DIAGONAL DU BAS...
C'EST BIEN CE MOT (悪), JE L'AI DÉJÀ VU !
ET CE GANJI...
IL Y AVAIT LE CARACTÈRE DU MAL SUR SON BANDEAU...
CETTE BOUTIQUE AVAIT QUELQUE CHOSE DE BIZARRE...
À TOUS LES COUPS, ILS VONT ME RENVOYER AVANT CE SOIR...
JE FERAIS MIEUX DE M'Y PRÉPARER MENTALEMENT...
GRMBL
GRMBL
ギイ
RII
POURQUOI TU N'ENTRES PAS ?
真*心
FUIT
ぬっ
HII !
ALLEZ, DÉPÊCHE-TOI !
AH !
EUH...
JE...
BONJOUR !
OH...

*Dévouement

JE T'ATTENDAIS !
SOIS LA BIENVENUE CHEZ NOUS !
MERCI...
JE FERAI DE MON MIEUX !
BON ...
ET SI...
TU T'ASSEYAIS, DÉJÀ ?
C'EST TON PREMIER JOUR, ALORS COMMENÇONS PAR LE COMMENCEMENT !
D'ACCORD ...
NOTRE MAGASIN VEND DES ARTICLES RARES VENUS D'AU-DELÀ DES MERS !
J'EN SUIS LE GÉRANT !
IL S'APPELLE LE "VINGT" !
À L'ORIGINE, GANJI DEVAIT ACCUEILLIR LES CLIENTS...
MAIS FINALEMENT, IL S'OCCUPE DES COMPTES ET DE L'ARRIÈRE-BOUTIQUE !

1878, Trocadéro (Paris)

1851, Crystal Palace (Londres)

15 MILLIONS...
IMPRESSIONNANT, HEIN ?
OUI...
ET CETTE EXPOSITION, LA TROISIÈME À SE TENIR À PARIS, J'Y SUIS ALLÉ EN PERSONNE...
LÀ-BAS, JE ME SUIS PROCURÉ AUPRÈS DES EXPOSANTS...
PLEIN DE CHOSES SUSCEPTIBLES DE SE VENDRE ICI !
TAC
CES ARTICLES VONT BIENTÔT ARRIVER...
IL FAUDRA LES METTRE EN VITRINE ET LES PRÉSENTER AUX CLIENTS !
D'ACCORD...
MAIS ON N'A PAS GRAND-CHOSE POUR L'INSTANT...
AUJOURD'HUI, TU TE CONTENTERAS DE SORTIR LES MARCHANDISES DE CETTE CAISSE...
TIENS ?
GANJI A DÉJÀ TOUT INSTALLÉ...
ALORS QU'EST-CE QUE JE PEUX FAIRE ?
LE MÉNAGE ?

LE MÉNAGE ...
ピカ BLING
ピカ BLING
ピカ BLING
?
...
HMM...
AH, RIEN...
ET TOUT À LA FOIS !
QUE PRÉFÈRES-TU ?
TOUT ?!
HEIN ?!
ON DIRAIT QU'IL N'Y A RIEN DE SPÉCIAL À FAIRE, POUR LE MOMENT...
EUH...
ON POURRAIT PEUT-ÊTRE COUPER LA POIRE EN DEUX...
NE VA PAS TE FAIRE VIRER...

*N.D.T. : caractères correspondant chacun à une syllabe dans l'écriture du japonais, au nombre de cinquante environ.

**N.D.T. : poème classique contenant la quasi-totalité des kanas et utilisé pour leur apprentissage. L'équivalent japonais de l'ABC.

LE "I" D'ABORD S'ÉCRIT AVEC DEUX TRAITS...
L'UN PLUS LONG QUE L'AUTRE...
COMME ÇA ?
OUI, TRÈS BIEN...
FACILE, NON ? MAINTENANT, LE "RO"...
D'ABORD UN TRAIT DROIT, PUIS UNE BOUCLE...
COMME ÇA, LA BOUCLE ?
OUI, VOILÀ...
EN UN TRAIT !
ENSUITE, LE "HA"...
LUI, IL EST EN DEUX PARTIES !
EXACT...
IL Y A BEAUCOUP DE KANAS SIMILAIRES...
OH, PAS MAL DU TOUT !
ÇA, C'EST UN "HA"...
MOI AUSSI...
J'ARRIVE À ÉCRIRE DES KANAS !
i ro ha
i ro ha

PASSONS À LA SUITE, "NI HO HE TO" !
D'AC-CORD !
NI...
HO...
HO...
HE...
TO...
PUISQUE TU ES SI STUDIEUSE...
FSH
JE VAIS TE DONNER UN LIVRE DE LECTURE !

HEIN ?
VOUS ÊTES SÛR ?

OUVRE-LE DONC !
SNIF...
MERCI, MONSIEUR...
CHAPTER V
Advice from a Cat

OUAH...
...
MONSIEUR ...
SI J'APPRENDS LES KANAS, JE POURRAI LIRE CE LIVRE, N'EST-CE PAS ?
JE L'EMPORTERAI CHEZ MOI POUR ÉTUDIER APRÈS LE TRAVAIL !
CHEZ TOI ?

HMM...
ぱっ
VSH
JE NE PEUX PAS TE LE LAISSER, ALORS !
AH !
JE PLAISANTE !
HI HI !
CE LIVRE EST À TOI !
MAIS INTERDIT DE LE SORTIR DU MAGASIN...
TU LE LIRAS SUR PLACE !
ÇA T'ENCOURAGERA À VENIR ICI TOUS LES JOURS...
ET À NE PAS ABANDONNER !

ALLEZ...
ON REPRENDRA LES ÉTUDES APRÈS LA PAUSE !
EUH ...
...
AAH, MERCI, GANJI !
CETTE THÉIÈRE A UNE FORME BIZARRE...
LES TASSES AUSSI...
OÙ AS-TU DÉGOTTÉ ÇA ?
EN REMERCIEMENT DES GRAINES DE THÉ QUE JE LUI AI OFFERTES !
C'EST UN CADEAU D'UN TURC QUI A FAIT LA TRAVERSÉE AVEC MOI...
...
JAMAIS VU UNE THÉIÈRE AUSSI EFFILÉE...
LES MOTIFS SONT TURCS, AUSSI !
Même si la Turquie évoque surtout le thé noir, il semble qu'à l'époque, cette boisson n'était pas encore très répandue. D'ailleurs, la culture expérimentale de graines importées du Japon cette année-là (en 1878) serait l'un des déclencheurs de la production nationale, selon certaines théories. De nos jours, on prépare cette boisson dans les théières à deux étages typiques mais, autrefois, on se débrouillait peut-être avec des cafetières.

CES TASSES SONT BIEN CURIEUSES, EN EFFET...
QU'EST-CE QUE TU ATTENDS ?
BOIS VITE...
ÇA VA REFROIDIR !
FLAP

ZZZ
...
ZZZ
ZZZ
ZZZ
CUI
CUI
DITES ...
J'AI BEAU AVOIR APPRIS TOUS LES KANAS HIER...
JE NE COMPRENDS PAS UN MOT DE CE QUE JE LIS !
HI HI !
MON PÈRE AVAIT SANS DOUTE RAISON...
LES FEMMES NE SONT PAS FAITES POUR LA LECTURE...
JE CROIS QUE FINALEMENT...
JE NE POURRAI PAS RÉPONDRE À VOS ATTENTES...

C'EST NORMAL...
HIII !
HIN HIN !
PARCE QUE TU N'AS APPRIS AUCUN KANA !
CE SONT DES SYLLABES DE L'ALPHABET LATIN QUE JE T'AI ENSEIGNÉES !
QUOI ?
TOUT DE MÊME, TU EN AS RETENU UNE CINQUANTAINE EN UNE SEULE NUIT ?!

ON N'A PAS ENCORE VU LES MAJUSCULES ET LES SONS QUI N'EXISTENT PAS EN JAPONAIS...
RENAT BOCHE & C
PARIS
MAIS TU DEVRAIS DÉJÀ ÊTRE CAPABLE DE DÉCHIFFRER ÇA !
TU VOUDRAS BIEN LIRE À GANJI LA PROVENANCE ET LE CONTENU DES COLIS QU'ON VA RECEVOIR ?
HEIN ?
QUOI ?
VOILÀ DÉJÀ DE QUOI T'OCCUPER POUR LE MOMENT.
JE NE TE LAISSERAI PAS DÉMISSIONNER MAINTENANT...
C'EST QU'ON ATTEND BEAUCOUP DE LIVRAISONS !
HÉ HÉ !
ON CONTINUERA L'ÉTUDE DES "KANAS" CET APRÈS-MIDI...
TU VAS COMMENCER PAR APPRENDRE L'ANGLAIS !
Vingt
ATTENDEZ !
JE...
HIN !
AAH !

Cabinet of Takahama

2 LA PREMIÈRE ÉDITION D'ALICE

Novembre 1865

La première édition d'*Alice au pays des merveilles* par Lewis Carroll possédait une belle reliure en cuir rouge ornée d'une dorure. Mais en fait, l'illustrateur, John Tenniel, n'était pas satisfait du premier tirage de cette édition ; les deux mille exemplaires déjà imprimés durent alors être rappelés et un nouveau tirage effectué aux frais de Carroll. Heureusement, le succès étant au rendez-vous, il put rentrer dans ses frais !

La première édition japonaise remonte à 1908, toutefois les premières versions japonisaient souvent le nom de l'héroïne. Alice s'appelait donc parfois Mii, Ai, Aya ou encore Suzuko. Une version traduite par Ryunosuke Akutagawa et Kan Kikuchi existe, mais Akutagawa étant mort avant son achèvement, Kikuchi l'a terminée seul.

Je crains qu'il ne soit maintenant très difficile de se procurer une édition originale. Cependant, on voit parfois passer chez les marchands d'antiquités des gravures de vieilles éditions découpées et encadrées. Ce doit être amusant de partir à leur recherche. Moi, j'aimerais bien une illustration du chat du Cheshire !

Numéro 3 La Cendrillon de 1878

HMF !
AH !
PFF ...
FSHHH
PERSONNE ...
OÙ SONT-ILS DONC PASSÉS ?

CRIII
FSHHH
CLAC
QUE FAIRE ? LE MÉNAGE, PAS BESOIN...
ET ON NE M'A DONNÉ AUCUNE CONSIGNE...
J'AI LE DROIT DE LIRE, À LA PLACE ?
ペタ PLIC
ペタ PLIC
...
MONSIEUR MOMO ET GANJI GARDENT LEURS CHAUSSURES À L'INTÉRIEUR...
JE ME SUIS FABRIQUÉ DE NOUVELLES TSUNONBO...
JE DEVRAIS, MOI AUSSI ?

Ces sandales s'appellent des tsunonbo-zori. On s'en servait dans la région d'Amakusa et de Nagasaki. Ce sont des sandales traditionnelles (zori) auxquelles on a noué une corde de paille. Leurs "cornes" (tsuno) sont censées protéger des serpents.

CE SONT TES SOCQUES ?
NE LES LAISSE PAS DEHORS !
ELLES VONT ÊTRE TREMPÉES !
AH !
EUH...
JE VAIS LES POSER PRÈS DU FEU POUR QU'ELLES SÈCHENT.
P...
PARDON !
GLOUPS
PLOF
PLOF
TU ES ARRIVÉE DRÔLEMENT TÔT !
JE NE PENSAIS PAS TE VOIR DE SI BON MATIN !
VOUS M'AVIEZ BIEN DIT NEUF HEURES ? CE N'EST PAS SI TÔT !
EUH, OUI...
JE SUIS JUSTE PONCTUELLE !
POURQUOI ?
TU ES DU GENRE NERVEUSE ?
NON...
J'AVAIS PEUR QU'ON ME GRONDE...

"CHRISTOFLE"...
"SILVER SET", CINQ !
LÀ !
"SINGER MANUFACTURING COMPANY"...
"SEWING MACHINE", UNE !
C'EST CE GROS MACHIN-LÀ ?
C'EST QUOI, UNE "SEWING MACHINE" ?
BONNE QUESTION...
J'EN SAIS RIEN, MOI !
ON DEMANDERA À MOMO QUAND IL REVIENDRA !
D'ACCORD...
ET UNE ROBE DE... JACQUES... DOUCET ?
CE DOIT ÊTRE ÇA !
OUAH...

ELLE EST MAGNIFIQUE...
AH OUI, MOMO M'EN A PARLÉ...
JE CROIS BIEN QU'ELLE EST DÉJÀ VENDUE...
LES CLIENTS DOIVENT VENIR LA CHERCHER DEMAIN !
APPAREMMENT, ON VA DONNER UN GRAND BANQUET POUR DES DIGNITAIRES ÉTRANGERS DANS JE NE SAIS QUELLE RÉSIDENCE HUPPÉE DE TOKYO...
ET ILS Y SONT INVITÉS !
CE QUI SIGNIFIE...
QUE C'EST POUR UNE DEMOISELLE DE TRÈS BONNE FAMILLE !
OUAH !
SANS DOUTE, OUI...
C'EST LA FILLE D'UN ANCIEN SEIGNEUR DE DOMAINE, JE CROIS...
DITES...
QUOI ?
JE N'ÉTAIS JAMAIS VENUE DANS CE MAGASIN...
EST-CE QUE VOUS ÉTIEZ INSTALLÉS AILLEURS, AVANT ?
LA BOUTIQUE ELLE-MÊME EXISTE DEPUIS UN MOMENT...
MOMO Y VENDAIT DU THÉ ET DU TABAC !

↑ Illustration du guide de l'Exposition universelle.

*Magasin "Vingt", Quartier de Kajiya

*N.D.T. : unité de mesure traditionnelle correspondant à 3,03 cm. 51 sun valent 1,54 m.

*N.D.A. : environ 24 000 euros actuels.

ALLEZ, ESSAIE !
NON !
C'EST TROP RISQUÉ, ENFIN...
51 SUN...
ÇA FAIT PILE TA TAILLE...
JE VAIS COUPER LÀ !
HEIN ?!
STOP !
UNE PETITE SECONDE !!
REGARDEZ BIEN...
LÀ...
SI VOUS COUPEZ ICI, VOUS ALLEZ RACCOURCIR LES VOLANTS !
CUT
CE SERAIT DOMMAGE ...

ET PUIS REGARDEZ ...
ILS SONT PLUS LONGS À L'ARRIÈRE, C'EST CURIEUX, NON ?
IL N'Y AURAIT PAS UN DESSIN OU UNE PHOTO DE CETTE ROBE ?
MAINTENANT QUE TU LE DIS...
PARMI LES CARTES POSTALES QUE MOMO A ENVOYÉES DE LÀ-BAS...
IL Y AVAIT ÇA !
AH, VOUS VOYEZ...
JE M'EN DOUTAIS !
Paris
L'AVANT S'ARRÊTE JUSTE AU NIVEAU DU SOL, MAIS LA PARTIE ARRIÈRE TRAÎNE PAR TERRE !
AAH...
D'AC-CORD !
L'ARRIÈRE FORME UNE TRAÎNE
L'AVANT FRÔLE LE SOL...
IL NE FAUT TAILLER QUE L'AVANT, AU-DESSUS DES VOLANTS...
POUR QU'UNE PERSONNE DE 51 SUN NE SE PRENNE PAS LES PIEDS DEDANS...

J'AI COMPRIS !
DONC ON DOIT COUPER CETTE PARTIE...
ET RATTACHER LES DEUX BOUTS !
OUI, VOILÀ !
D'ACCORD, ALORS ENFILE LA ROBE, POUR VOIR...
QU'ON DÉCIDE OÙ COUPER !
QUOI ?!
TU MESURES BIEN 51 SUN, NON ?
OUI, MAIS...
JE NE VOUDRAIS PAS LA SALIR...
NE ME DIS PAS QUE TU GROUILLES DE POUX ET DE PUCES, QUAND MÊME...
PFF
CRII
BON...
V...
VOILÀ CE QUE ÇA DONNE...

Y A UN TRUC QUI CLOCHE...
...
ガー
VLAM
J'EN ÉTAIS SÛRE !! J'EN ÉTAIS SÛRE !!
HMM ...
AH, J'AI PIGÉ...
T'AS PAS DE FESSES !!
EH BEN...
QU'EST-CE QUI T'ARRIVE ?
どよーん
FLOP
RIEN ...
C'EST PAS GRAVE, JE LE SAVAIS DÉJÀ...
REGARDE TOI-MÊME...
L'AVANT EST TOUT PLAT, MAIS L'ARRIÈRE-TRAIN EST BIEN REBONDI !
PEUT-ÊTRE QUE LES FEMMES SONT COMME ÇA, LÀ-BAS...

JE DOUTE QU'ELLES AIENT TOUTES DES COURBES PAREILLES, QUAND MÊME...
EUH...
ELLES RAJOUTENT PEUT-ÊTRE QUELQUE CHOSE DEDANS...
HEIN ?!
MAIS QUOI, ALORS ?
JE NE VOIS RIEN D'AUTRE QU...
...
VOILÀ !!
C'EST FORCÉMENT CE TRUC !
ÇA RELÈVE LA ROBE ET...
VA L'ENFILER AILLEURS !
LÀ !

VOUS VOYEZ !!
OOH !
T'ES FORTICHE !
C'EST BIEN CE QUE JE PENSAIS !
D'ACCORD, IL FAUT CETTE LONGUEUR ...
AH !! ATTENDEZ !!
HEIN ?
TAP
TAP
QUOI, ENCORE ?!

HAA...
HAA...
LES CHAUSSURES...
ON N'A PAS PRIS EN COMPTE LA HAUTEUR DES TALONS !
LES PIEDS VONT DÉPASSER !
OOH...
BIEN VU !
IL Y EN A, LÀ-DEDANS !
HA HA !
C'EST JUSTE QUE JE REGARDAIS CES CHAUSSURES, TOUT À L'HEURE !

Dans la couture japonaise, il existe une technique pour réaliser des points de maille à toute vitesse.

CETTE ROBE EST VRAIMENT RAVISSANTE...
EN PORTANT DE SI BEAUX VÊTEMENTS, DE SI BELLES CHAUSSURES...
CE DOIT ÊTRE BIEN DE SE RENDRE À DE GRANDS DÎNERS...
MAIS...
CETTE PERSONNE N'EST PEUT-ÊTRE PAS HEUREUSE POUR AUTANT...
TU AS "VU" LA PROPRIÉTAIRE ?

OUF !
BEAU TRAVAIL, MIYO !
CRIII
HÉ HÉ !
LÀ, ÇA Y EST !
ON A RÉUSSI À FINIR AVANT LA NUIT, TANT BIEN QUE MAL !
QUELLE SAUCÉE !
AH, DÉSOLÉ...
J'AI CRU QUE JE NE RENTRERAIS JAMAIS...
BAH, AUCUN PROBLÈME...
AVEC ÇA, ON AURA FINI EN MOINS DE DEUX !
LA SINGER EST ARRIVÉE, NON ?
AH, MOMO !
ON A REÇU UN TÉLÉ-GRAMME AU SUJET DE LA ROBE...
AH BON ?!
CHANGEMENT DE PROGRAMME, LES CLIENTS PASSENT LA CHERCHER CE SOIR ET ILS VEULENT DES RETOUCHES...

C'EST DÉJÀ FAIT ?
OH...
J'AI SUIVI UNE FORMATION, JE VAIS M'Y METTRE TOUT DE SUITE...
C'EST UNE MACHINE À COUDRE DERNIER CRI, GRÂCE À ELLE N'IMPORTE QUI PEUT S'EN SORTIR COMME UN CHEF...
...
JE VOIS...
FLOP
BEN QUOI ?
ÇA NE VA PAS ?
HEM...
JE NE VOIS PAS CE QU'IL Y A DE BIEN LÀ-DEDANS...
PFF...!
MAIS MAINTENANT, AU MOINS, JE SAIS QUE TU AS DE LA RESSOURCE !
DÉSOLÉ, MIYO...
HI HI !
C'EST UN MAL POUR UN BIEN !

BAH...
MAINTENANT, ON SAIT AUSSI QUE LES ROBES À L'OCCIDENTALE NE ME VONT PAS DU TOUT...
IL VAUT MIEUX QUE JE ME CANTONNE AUX FRIPES DANS MES MOYENS...
CE N'EST PAS GRAVE...
SI LA HAUTE COUTURE NE TE VA PAS ENCORE !
HÉ HÉ !
L'ESSOR DES MACHINES À COUDRE VA PERMETTRE L'APPARITION DE PLEIN DE VÊTEMENTS FÉMININS PLUS SIMPLES ET TRÈS JOLIS !
MOI-MÊME, J'ENVISAGE DE RÉCUPÉRER DES PATRONS ET DE VENDRE DU PRÊT-À-PORTER !
TU SERAS PARFAITE POUR ESSAYER NOS PROTOTYPES !
OH !
AH !
À PROPOS...
C'EST À TOI, ÇA ?
AAH !
EUH...
OUI, SI ON VEUT...

TU NE DOIS PAS ÊTRE TRÈS À L'AISE !
MÊME SI TES TSUNONBO SONT MIGNONNES...
AAAAH !!
TIENS !
CE SONT DES BOTTES POUR HOMME, MAIS JE PENSE QU'ELLES T'IRONT BIEN !
ET ELLES TE SERONT PLUS UTILES QUE DE LA HAUTE COUTURE !
?!
QU...
HEIN ?
VOUS ÊTES SÉRIEUX ?
ABSOLUMENT !
POUR TE REMERCIER DE TES EFFORTS D'AUJOURD'HUI !
ELLES NE SONT PAS EN VERRE, CELA DIT !
EN VERRE ?
J... JE NE SUIS PAS SÛRE DE COMPRENDRE...
MAIS MERCI BEAUCOUP !

Cabinet of Takahama

3 LA MACHINE À COUDRE ET LE PRÊT-À-PORTER

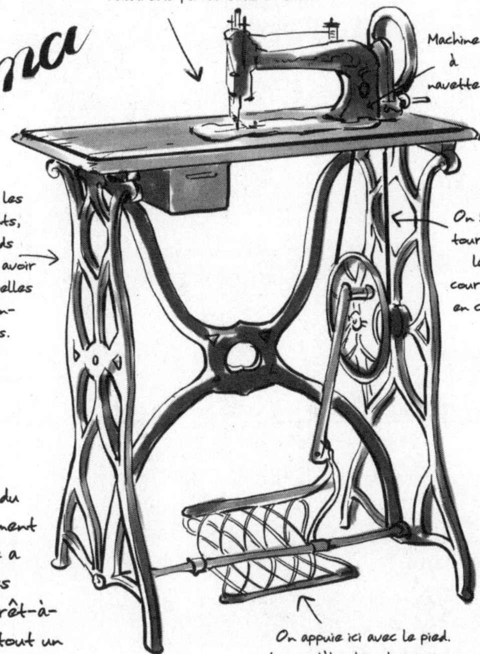

Dans la seconde moitié du XIXe siècle, le développement de la machine à coudre a mené à l'apparition des premiers modèles de prêt-à-porter, permettant à tout un chacun d'acheter des vêtements neufs (jusqu'alors, les gens moins fortunés se procuraient généralement des habits de seconde main).

Je possède moi-même un modèle d'après-guerre de cette machine à pédale et je trouve fascinant qu'il soit presque identique à celui des origines.

La robe que porte Miyo dans ce chapitre est typique de la mode de la tournure qui a connu ses heures de gloire peu avant la construction du Rokumeikan* (pour être précis, cette mode a été éclipsée temporairement entre 1876 et 1880 par celle des robes longues et fines dites "princess line").

Au fait, Jacques Doucet était un grand couturier de Paris. La robe sur laquelle je me suis basée est beaucoup plus belle en vrai...

Il y aura d'autres robes dans les prochains chapitres ! Soyez au rendez-vous !

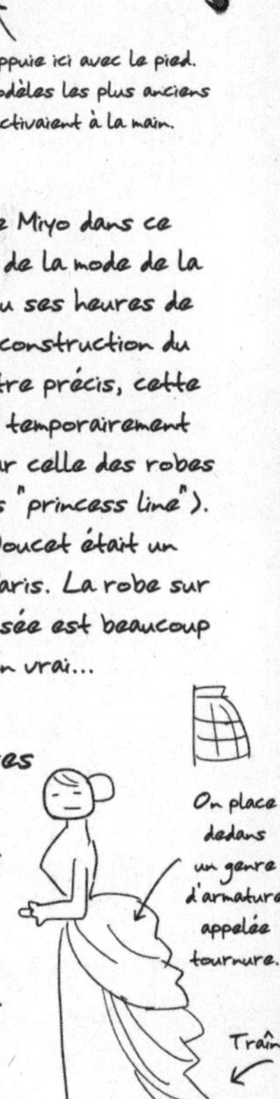

*N.D.T. : pavillon de Tokyo qui accueillit au XIXe siècle des hôtes étrangers, donnant pour la première fois au Japon un aperçu du monde occidental.

Numéro 4 Phonographe

*Comment porter une robe

*Cylindres divers, fragile

GRR GRR
ガラ ガラ
VOUS PORTEZ DES BOTTES AUSSI, AUJOURD'HUI !
OUI...
JE VAIS EN AVOIR BESOIN !
VRAIMENT ?!
HÉ HÉ...
AU FAIT...
JE T'AI DONNÉ LES CHAUSSURES...
MAIS J'AI OUBLIÉ LES CHAUSSETTES QUI VONT AVEC !
DÉSOLÉ !
LES CHAUSSETTES ?
AVEC TES SOCQUETTES DE COTON, TU NE DOIS PAS ÊTRE TRÈS CONFORTABLE DEDANS, NON ?
LES CHAUSSETTES SONT EN TRICOT, C'EST PLUS MOELLEUX ...
ESSAIE, JE TE DONNE DEUX PAIRES !
OUAH !
MERCI BEAUCOUP !
JE NE SAVAIS MÊME PAS QUE ÇA EXISTAIT...

EN EFFET, CE N'EST PAS RÊCHE DU TOUT...
IL Y A ENCORE...
TELLEMENT DE CHOSES QUE J'IGNORE DANS CE MONDE !
HI HI !
C'EST VRAI...
JE POURRAIS EN DIRE AUTANT !
À PROPOS...
HMM ...
JE PENSE QU'ON PEUT LES CONSIDÉRER COMME DES VÊTEMENTS D'INTÉRIEUR ...
J'AI LE DROIT DE MARCHER SUR LE TATAMI EN CHAUS-SETTES ?
TANT QUE TU NE POSES PAS LE PIED SUR LE SEUIL, ÇA IRA...
ENFIN...
PFF...
JE SUIS NERVEUSE QUAND MÊME...
NE T'EN FAIS PAS...
NOBLE OU PAS, LE MAÎTRE DE MAISON EST TRÈS AVENANT !
BON, RÉVEILLE-MOI QUAND ON ARRIVE...
J'AI SOMMEIL APRÈS CETTE NUIT À FABRIQUER DES FAUX BILLETS !
BRRM
HEIN ?!
CE N'ÉTAIT PAS UNE BLAGUE ?
CRR
BIEN SÛR QUE SI !
TSS ...
CRR
CRR

AH, MONSIEUR KOURA !
NOUS VOUS ATTENDIONS !
JE DOIS ADMETTRE N'AVOIR AUCUNE CONNAISSANCE EN LA MATIÈRE ...
DANS CES MOMENTS-LÀ, LES HOMMES NE VALENT RIEN...
NOTRE EMPLOYÉE VA VOUS AIDER !
LAISSEZ-MOI FAIRE LES PRÉSENTATIONS...
VOICI MA FILLE, KAZUKO !
ENCHANTÉE ...
DE VOUS RENCONTRER !
OUAH...
QU'ELLE EST BELLE...

C'EST TOI, LA NOUVELLE ? ENCHANTÉ !
MERCI D'APPRENDRE À MA FILLE COMMENT PORTER CETTE ROBE !
JE M'EN REMETS À TOI !
ENTENDU, JE FERAI DE MON MIEUX !
EN ATTENDANT, NOUS SERONS DANS LE SALON...
J'AI MOI AUSSI DES LEÇONS À RECEVOIR !
JE COMPTE SUR TOI, MIYO !
SURTOUT, PAS D'IMPAIR AVEC MADE-MOISELLE !
EUH, D'AC-CORD...
AH !
ALORS ...
HEM ...
RASSURE-TOI...
JE NE VAIS PAS TE MANGER !
HI HI !
DU CALME !
TU ES L'ÉPOUSE DE MONSIEUR KOURA ?
JE NE SUIS QU'UNE SIMPLE BOUTI-QUIÈRE !
HOULÀ ...
PAS DU TOUT !
AH BON...
VOUS ÉTIEZ SI BIEN ASSORTIS QUE J'AI CRU...
HI HI !
DÉSOLÉE !
VIENS, MA CHAMBRE EST À L'ÉTAGE !
TAP TAP
EUH...
ENTEN-DU.

VOILÀ ...
NOUEZ ICI...
PFIOU...
C'EST DRÔLEMENT DIFFICILE DE BOUGER LÀ-DEDANS...
JE NE VOIS MÊME PAS COMMENT M'ASSEOIR...
LES DAMES DE LÀ-BAS NE DOIVENT PAS AVOIR LA VIE FACILE, ELLES NON PLUS...
MOI QUI PENSAIS QUE LES TENUES TROP ÉTRIQUÉES ÉTAIENT PROPRES AU JAPON...
EN TOUT CAS, CETTE ROBE VOUS VA À MERVEILLE !
MOI, J'AURAIS L'AIR D'UNE PETITE FILLE SUR SON TRENTE ET UN !
MOI AUSSI, HONNÊTEMENT...
MAIS JE N'AI PAS LE CHOIX...
C'EST LE PREMIER DÎNER D'ÉTAT DE MON PÈRE DEPUIS QU'IL A ÉTÉ MUTÉ AU MINISTÈRE DES AFFAIRES ÉTRANGÈRES...
JE DOIS L'AIDER AU LIEU DE ME PLAINDRE !
D'AUTANT QUE MON FIANCÉ SERA PRÉSENT AUSSI, À CE QU'IL PARAIT...

OG NÆSTE SOMMER MED, OG DET HELE ÅR, OG DET HELE ÅR...
KANSKE VIL DER GÅ BÅDE VINTER OG VÅR, BÅDE VINTER OG VÅR...
OH !!
VOUS DEVEZ AVOIR HÂTE !
HI HI...
JE SUPPOSE ...
MEN ENGANG VIL DU KOMME, DET VÉD JEG VISST, DET VÉD JEG VISST...
OH, DE LA MUSIQUE ...
MAIS QUI PEUT BIEN CHANTER ?
!
CLAP ぱん
CLAP ぱん

OG JEG SKAL NOK VENTE,
FOR DET LOVTE JEG SIDST,
DET LOVTE JEG SIDST.
IL...
IL N'Y A PERSONNE ...
C'EST CETTE MACHINE QUI CHANTE !!
ÇA ALORS...
OOH...
COMME C'EST...
CURIEUX...
MONSIEUR LE DUC HAYASAKA A LE RYTHME DANS LA PEAU, NON ?
VOUS REGARDIEZ ?
ALLONS, ALLONS...
PAS DU TOUT !

OOH...
SI, SI !
IL EST TRÈS DOUÉ !
JE N'AI PAS REGARDÉ, EN FAIT...
JE N'AVAIS JAMAIS DANSÉ DE MA VIE !
J'AURAIS ÉTÉ BIEN EMBARRASSÉ SANS MONSIEUR KOURA !
EST-CE QUE JE COMMENCE À PRENDRE LE COUP DE MAIN ?
GUD STYRKE DIG, HVOR DU I VERDEN GÅR, I VERDEN GÅR !
VOUS VOUS EN SORTEZ À MERVEILLE !
BON COURAGE !
GUD GLÆDE DIG, HVIS DU FOR HANS FODSKAMMEL STÅR, FOR HANS FODSKAMMEL STÅR !
N'EST-CE PAS, MADEMOIS...
...
P... PARDON...
J...
MINCE...
QUAND J'AI ENTENDU CETTE CHANSON, JE NE SAIS PAS CE QUI...
MADE-MOISELLE ...
ÇA VA ALLER ...
IL ME FAUT JUSTE ...

ぽろ PLIC
ぽろ PLIC
ぽろ PLIC
C... COMMENCEZ DÉJÀ...
PAR VOUS ASSEOIR...
AH, POUR LA TOURNURE !
IL SUFFIT DE REPLIER LES BALEINES ...
UNE SECONDE...
CE N'EST RIEN... CE N'EST RIEN !
AH !
IL VOUS FAUDRAIT PEUT-ÊTRE UNE CHANSON PLUS GAIE !
D'ACCORD ?
JE VAIS LE LEUR DIRE !
NON, C'EST BON...
TU VOIS ?
JE ME SUIS DÉJÀ CALMÉE...
...
ぎゅっ PLOF
MERCI...
TU ES TRÈS GENTILLE !

CE N'EST PAS VRAI...
JE NE SUIS QU...
EN FAIT...
JE DOIS ME MARIER...
MAIS J'EN AIME UN AUTRE.
OH...
QUELQU'UN QUI EST PARTI ÉTUDIER EN ANGLETERRE IL Y A DES ANNÉES...
JE L'AI ATTENDU TOUT CE TEMPS...
À TEL POINT QUE JE DEVRAIS DÉJÀ ÊTRE MARIÉE DEPUIS LONGTEMPS...
ET L'AUTRE JOUR, MON PÈRE M'A PARLÉ D'UN PRÉTENDANT.

JE SUIS LASSE D'ATTENDRE, MOI AUSSI...
ET CE N'EST PAS COMME SI JE M'ÉTAIS PROMISE À CET HOMME...
ALORS JE ME SUIS RÉSIGNÉE À ACCEPTER LA DEMANDE !
SAUF QUE...
JUSQUE-LÀ, JE POUVAIS ENCORE ME FAIRE UNE RAISON...
...
CELUI QUE J'AIME ...
VIENT DE RENTRER AU PAYS...
IL SERA MÊME PRÉSENT AU BANQUET EN TANT QU'INTERPRÈTE !
JE VAIS DEVOIR FAIRE BONNE FIGURE DEVANT LUI...
DANS CETTE JOLIE ROBE...
AUX CÔTÉS DE MON FUTUR ÉPOUX !

OH, ÉCOUTE !!
ILS ONT CHANGÉ DE CHANSON !
MADEMOISELLE...
ET PUIS IL EST SI PRÉVENANT !
MON PÈRE EST ADORABLE, NON ?
QUAND IL DIRIGEAIT LE DOMAINE, IL ÉTAIT TRÈS AIMÉ DE SES GENS !
C'EST QUEL PIED, DÉJÀ ?
TRÈS BIEN, TRÈS BIEN !

POURQUOI NE PAS LUI AVOUER QUE VOUS ÊTES DÉJÀ AMOUREUSE DE QUELQU'UN ?
S'IL EST TEL QUE VOUS LE DÉCRIVEZ, IL COMPRENDRA SÛREMENT !
...
J'Y AI DÉJÀ RÉFLÉCHI ...
AH !
P... PARDON...
JE ME MÊLE DE CE QUI NE ME REGARDE PAS...
HI HI !
ÇA NE FAIT RIEN !
PFIOU...
JE SUIS ÉREINTÉ !
VOUS AVEZ BIEN PROGRESSÉ !
J'AI GRANDI ...
SANS MÈRE...
ELLE EST MORTE QUAND J'ÉTAIS TRÈS JEUNE...
JE VIS SEULE AVEC MON PÈRE.
MOI AUSSI...
JUSQU'À SON DÉCÈS, L'ANNÉE DERNIÈRE...
OH !
DÉSOLÉE ...
JE NE VOULAIS PAS RAVIVER LA PLAIE...

*N.D.T. : unité de mesure de volume traditionnelle servant ici à estimer la production en riz d'un domaine. Les plus petits fiefs avaient des revenus de 10 000 koku, les plus gros pouvaient dépasser le million. Le système de fiefs féodaux a été aboli en 1871 et la plupart des seigneurs furent forcés d'aller vivre à Tokyo.

MOI...
JE NE SUIS ENCORE JAMAIS TOMBÉE AMOUREUSE...
MAIS QUAND JE PENSE QUE VOUS AVEZ PU TIRER UN TRAIT SUR CET HOMME...
APRÈS L'AVOIR ATTENDU DES ANNÉES DURANT SANS SAVOIR S'IL RENTRERAIT ...
JE ME DIS QUE VOUS FAITES PREUVE...
D'UNE GRANDE FORCE DE CARACTÈRE, MADEMOISELLE !
NON...
PAS DU TOUT !
CET HOMME ÉTAIT TRÈS GENTIL AVEC MOI...
MAIS IL EST AINSI AVEC TOUT LE MONDE...
ET J'ÉTAIS TROP FAIBLE POUR COUPER LES PONTS, MÊME EN SON ABSENCE !
PEUT-ÊTRE QUE JE NE L'AIMAIS...
QUE PARCE QU'IL M'ÉTAIT HORS D'ATTEINTE !

PÈRE, VOTRE LEÇON EST TERMINÉE ?
OOH, KAZUKO !!
TU ES RESPLEN-DISSANTE !
N'EST-CE PAS, MONSIEUR KOURA ?
ABSOLU-MENT !
TON FIANCÉ NE VA PAS EN REVENIR !
HI HI !
JE SUIS D'ACCORD !
VENEZ, PÈRE...
JE VAIS CONSTATER VOS PROGRÈS !
TU ES SÛRE ? MONSIEUR KOURA, SI VOUS POUVIEZ REMETTRE UN MORCEAU...
TU T'EN ES BIEN TIRÉE POUR L'HABILLAGE !
HA HA !
OUI, VAILLE QUE VAILLE...

AU REVOIR, SOYEZ PRUDENTS !!
VOUS NOUS AVEZ ÉTÉ D'UN GRAND SECOURS !
AH, J'Y PENSE ...
CE PHONOGRAPHE A-T-IL BESOIN D'ÊTRE HUILÉ DE TEMPS À AUTRE ?
EH BIEN...
EUH...
VOUS SAVEZ...
MADE-MOISELLE ...
IL SE TROUVE...
QU'EN FAIT...
JE DISPOSE D'UN POUVOIR UN PEU ÉTRANGE...
QUAND JE TOUCHE UN OBJET, JE PEUX VOIR DES CHOSES COMME LE PASSÉ OU L'AVENIR DE SON PROPRIÉTAIRE !
ÇA ALORS...
UN DON DE VOYANCE ?

RIEN D'AUSSI GRANDIOSE...
MAIS...
TOUJOURS EST-IL QUE J'AI EU UNE VISION DE VOTRE FUTUR...
VOUS PORTIEZ CETTE ROBE...
ET VOUS AVIEZ L'AIR TRÈS HEUREUSE !
C'EST TOUT !
MERCI...

HI HI !
TU AS RAISON...
APRÈS TOUT, CETTE FOIS L'AUTRE EST ÉPRIS DE MOI...
JE POURRAI SANS DOUTE LUI PARLER EN TOUTE FRANCHISE !
JE NE DEVRAIS PAS M'ENNUYER !
J'AI L'IMPRESSION...
QUE TU ES UN PEU COMME MOI...
J'ESPÈRE QUE NOUS NOUS REVERRONS UN JOUR...
VIENS ME VOIR SI JAMAIS TU PASSES À TOKYO !
D'ACCORD...
MERCI BEAUCOUP !

CRRR
CRR
DITES, MONSIEUR...
QUOI DONC ?
LA PREMIÈRE CHANSON QUE VOUS AVEZ JOUÉE SUR CE PHONOGRAPHE...
C'ÉTAIT QUOI ?
AH, ÇA...
C'EST MON MORCEAU PRÉFÉRÉ...
"LA CHANSON DE SOLVEIG" !
"L'HIVER PEUT S'ENFUIR, LE PRINTEMPS PEUT S'ÉCOULER...
ET MÊME L'ÉTÉ PROCHAIN, ET TOUTE UNE ANNÉE...
MAIS TU ME REVIENDRAS, CELA JE LE SAIS...
ET J'ATTENDRAI, COMME JE TE L'AI PROMIS."
VOILÀ...
CE QUE DISENT LES PAROLES !

CETTE CHANSON TE PLAÎT ?
HA HA !
CRR ガラ
CRR ガラ
PFF...
JE VOUS AI JUSTE POSÉ UNE QUESTION !
MOI QUI TE PRENAIS POUR UNE ENFANT, TU AS DES GOÛTS ÉTONNAMMENT MATURES EN MATIÈRE DE MUSIQUE !
AU FAIT, TU TE SENS À L'AISE DANS TES CHAUSSETTES ?
OUI, C'EST TRÈS FACILE DE MARCHER AVEC CES BOTTES...
JE PEUX MÊME COURIR !
CRR ガラ
CRR ガラ
TANT MIEUX...
JE VAIS POUVOIR T'ENVOYER PAR MONTS ET PAR VAUX, ALORS !
EUH...
ÇA, JE NE SAIS PAS...
HA HA HA !
EH BIEN, TU N'AS PAS L'AIR TRÈS MOTIVÉE !
CRR ガラ
JE PRÉFÉRERAIS Y ALLER PETIT À PETIT, S'IL VOUS PLAÎT...

Cabinet of Takahama

4 LE PHONOGRAPHE ET LA POUPÉE PARLANTE

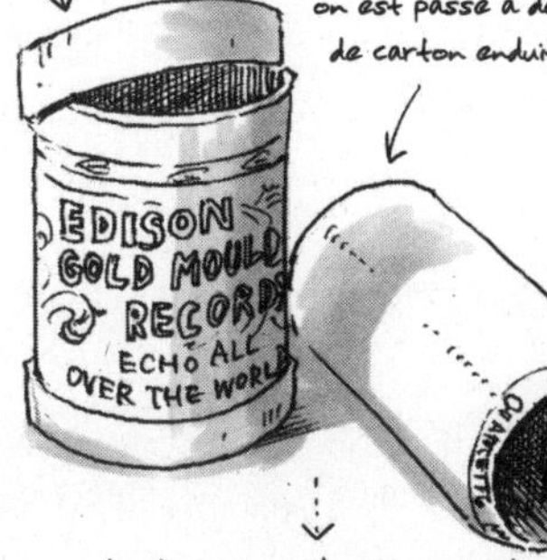

L'objet du jour est le premier modèle de phonographe, présenté par Edison en 1877. Il ne possédait pas encore de pavillon en forme de trompette (on se servait d'un petit micro à la fois pour enregistrer et pour émettre le son). Au début, on effectuait certains enregistrements sur un cylindre composé d'un tube en laiton recouvert d'une feuille d'étain, mais la qualité sonore était extrêmement mauvaise et la durée limitée à trente secondes. Il m'a fallu quarante-cinq secondes pour fredonner la "Chanson de Solveig". Par conséquent, le cylindre de Momo n'a sans doute pas pu enregistrer la fin. On se servait aussi du cylindre de phonographe dans un article de fantaisie très onéreux : la poupée parlante d'Émile Jumeau. J'en ai entendu une en vrai, on aurait dit comme un râle d'agonie à vous glacer le sang. Je vous conseille de faire une recherche et de constater par vous-même. Vous ne fermerez pas l'œil de la nuit !

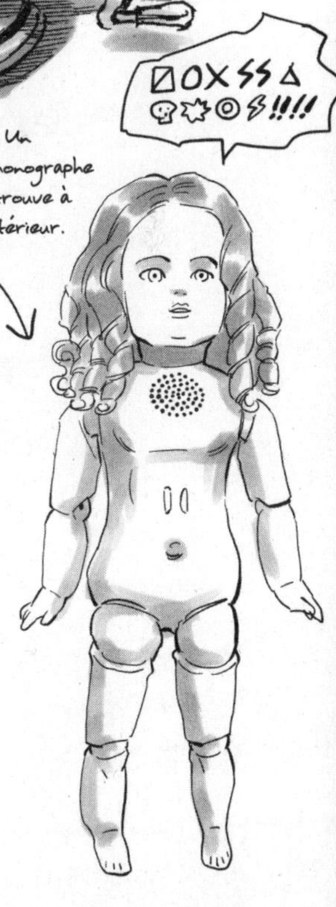

Numéro 5 Prêt-à-porter

CUI
CUI
CUI CUI
HI HI !
HI...
...

TAP
TAP
OH !
B...
BONJOUR, MON ONCLE !
TAP
...
TAP
TAP
TAP

BON !
MAINTENANT QUE LA BOUTIQUE EST BIEN APPROVISIONNÉE ET QUE LES CLIENTS VIENNENT JETER UN ŒIL...
JE VOUDRAIS PROPOSER DES ARTICLES DE PRÊT-À-PORTER POUR ATTIRER L'ATTENTION !
SI ON LES PRODUIT EN MASSE À PARTIR D'UN SEUL ET MÊME PATRON, ON POURRA LES VENDRE DEUX FOIS MOINS CHER QUE LE COUSU MAIN !
骨董
發明
Yingt
C'EST POUR-QUOI...
JE VOUS AI FAIT VENIR AUJOURD'HUI, MAMIE HARU !
FORT BIEN...
SINGER
MA FOI...
LA COUTURE, ÇA ME CONNAÎT ...
EN UNE SEMAINE...
JE DEVRAIS POUVOIR FINIR UN HABIT !
HEIN ? CE N'EST PAS CE QUE VOUS AVEZ EN TÊTE ?
QUOI ?!
DIX HABITS À CHAQUE FOIS ?!
AVEC CETTE MACHINE ?!
ET DANS UN STYLE ÉTRANGER, EN PLUS ?!

HOULÀ !
JE NE SAIS PAS MANIER CET ENGIN, MOI !
ET SI JE ME PIQUE LE DOIGT AVEC ?!
RASSUREZ-VOUS !
N'IMPORTE QUI PEUT APPRENDRE À S'EN SERVIR !
PAS MOI...
C'EST QUE JE N'AI PAS LA CERVELLE TOURNÉE COMME LES JEUNES DANS VOTRE GENRE !
LÀ, C'EST EMBÊTANT ...
JE N'AI PAS DE PLAN DE SECOURS...
SCRITCH
SCRITCH
VOUS NE CONNAÎTRIEZ PAS D'AUTRES COUTURIÈRES ?
HMM, C'EST-À-DIRE QUE...
CHEZ LES ANCIENNES, CE N'EST PAS CE QUI MANQUE, MAIS...
AH !
JE SAIS CELLE QU'IL VOUS FAUT !
C'EST VRAI ?!
UNE PETITE JEUNETTE TRÈS GENTILLE ET DÉGOURDIE COMME PAS DEUX. JE VAIS LA CHERCHER !
VOUS M'ÔTEZ UNE BELLE ÉPINE DU PIED !

TAMA EST TRÈS DOUÉE...
VOUS NE TROUVEREZ PAS MEILLEURE COUTURIÈRE PARMI LES FILLES DU COIN !
ALLONS, TU EXAGÈRES !
ÇA ME RASSURE !
JE M'APPELLE TAMA...
ENCHANTÉE !
C'EST POUR COUDRE QUOI ?
!
JE SOUHAITE VENDRE DU PRÊT-À-PORTER DE STYLE OCCIDENTAL !
VOILÀ AUTRE CHOSE...
CEPENDANT, J'AI UNE CONDITION...
IL FAUDRAIT DISSÉQUER CES VÊTEMENTS POUR FABRIQUER DES PATRONS...
ET SI POSSIBLE CRÉER NOS PROPRES MODÈLES !

*N.D.T. : le secteur étranger d'Oura était un quartier de Nagasaki, établi à la fin des années 1850 par un traité entre l'Occident et le Japon, destiné à l'installation des étrangers.

TCHIL TCHIL TCHIL TCHIL TCHIL
OUAH !!
QUELLE VITESSE !!
ET LA COUTURE EST SOLIDE...
J'AI BEAU TIRER, RIEN NE SE DÉFAIT...
TAC
PAS MAL, HEIN ?!
DÉCIDÉMENT, LES JEUNES APPRENNENT VITE !
IL SUFFIT DE SAVOIR PLACER LE FIL POUR SE SERVIR DE CETTE MACHINE !
ÇA IRA, JE DEVRAIS Y ARRIVER !
ET JE PENSE POUVOIR REPRODUIRE CES VÊTEMENTS SI JE LES ÉTUDIE BIEN...
CELUI-CI, PAR EXEMPLE !
OOH !
JE VAIS COMMENCER PAR QUELQUE CHOSE DE SIMPLE !
JE TE FAIS CONFIANCE !
TU CONNAIS CHAQUE TYPE D'HABIT ?
CEUX-LÀ SONT DES TRICOTS DE PEAU, CELUI-CI SE SERRE À LA TAILLE...
ET CELUI-LÀ...

OUI, JE M'Y RETROUVE...
EN FAIT...
J'AI DÉJÀ PORTÉ DES TENUES OCCIDENTALES !
OH ?!
カラン CLAL
VRAIMENT ?!
MAIS OÙ ÇA ?!
ME REVOILÀ ! AUJOURD'HUI, C'EST SASHIMI DE HARENG GRACILE !
SALUT, GANJI !
OH, UNE CLIENTE ?
BON-JOUR !
TIENS ?
!

*N.D.T. : quartier de Nagasaki bâti sur une île artificielle, où venaient commercer les navires néerlandais avant l'ouverture du pays. Jusqu'en 1857, c'était le seul point de contact entre le Japon et l'Occident.

*N.D.T. : quartier des plaisirs de Nagasaki. Les prostituées de Maruyama faisaient partie des rares Japonais autorisés à se rendre à Dejima.
**N.D.A. : loi d'abolition de la traite humaine passée en 1872, grâce à laquelle les employées des maisons closes ont vu leurs dettes effacées.

IL FAUT DIRE QUE TOUS LES PRODUITS RARES DE DEJIMA OU DU SECTEUR ÉTRANGER FINISSAIENT À MARUYAMA !
HI HI !
AH, D'ACCORD...
ALORS VOUS AVEZ PEUT-ÊTRE ÉTÉ LES PREMIÈRES FEMMES À PORTER DES ROBES AU JAPON !
QU'EST DEVENUE CETTE COURTISANE, D'AILLEURS ?
ELLE N'EST...
PLUS DE CE MONDE...
J'AVAIS ENTENDU DES RUMEURS...
C'EST DONC VRAI, HÉLAS...
OUI...
MAIS C'ÉTAIT CHOSE COMMUNE, LÀ-BAS...
JE ME SUIS HABITUÉE À VOIR DISPARAÎTRE CELLES QUE JE CONNAISSAIS UNE À UNE...

ET PARFOIS, J'AI L'IMPRESSION DE LA SENTIR TOUT PRÈS DE MOI !
...
BON, REVENONS À NOS MOUTONS...
AVANT QUE ÇA NE VIRE AU LARMOYANT !
EST-CE QUE VOUS SAVEZ CE QUE VOUS VOULEZ VENDRE, QUAND ET EN QUELLES QUANTITÉS ?
HMM, BONNE QUESTION...
JE PENSE QUE LES COSTUMES POUR HOMMES SERONT BIENTÔT TRÈS DEMANDÉS, NATURELLEMENT...
MAIS J'AIMERAIS AUSSI QU'ON PRODUISE DES VÊTEMENTS POUR FEMMES, ILS FERONT DAVANTAGE PARLER D'EUX !
JE VAIS DÉJÀ FABRIQUER UN PROTOTYPE...
ET TOI, QU'EN PENSES-TU ?
HEIN ?!
M...
MOI ?!
L'HABILLEMENT FÉMININ, C'EST PROMETTEUR, NON ?

ET...
ET PUIS...
QUOI DONC ? JE T'ÉCOUTE...
?
JE TROUVE QUE...
OU... OUI...
JE...
C'EST UNE BONNE IDÉE !
EH BIEN...
JE SUIS PEUT-ÊTRE À CÔTÉ DE LA PLAQUE, MAIS...
POURQUOI PAS DES UNIFORMES POUR LES HÔTELS ET LES RESTAURANTS ...
OU DES VÊTEMENTS SIMPLES POUR ENFANTS ?
...
ELLE, ALORS...
HI HI, ELLE EST RIGOLOTE, NON ?
À CHAQUE FOIS QU'ELLE DOIT DIRE CE QU'ELLE PENSE, ON A L'IMPRESSION QU'ELLE PART À LA GUERRE !
HA HA !
GLOUPS
AAH !
DÉSOLÉE !!
J'AI ENCORE ÉTÉ TROP CAVALIÈRE...

JE PARTAGE SON AVIS !
FABRIQUONS DONC DES VÊTEMENTS POUR ENFANTS !
HI HI !
JE SUIS D'ACCORD, IL FAUT TOUT ESSAYER POUR L'INSTANT !
...
ON NE SAIT JAMAIS CE QUI VA SE VENDRE !
D'AC-CORD ...
C'EST DÉCIDÉ !
COMMENÇONS PAR UN HABIT SIMPLE POUR ENFANTS...
PUIS UNE ROBE...
LES VESTES DE COSTUMES SONT PLUS COMPLIQUÉES, ALORS J'IRAI D'ABORD ME RENSEIGNER AUPRÈS DES TAILLEURS DU SECTEUR ÉTRANGER !
ENTENDU !
OUS COLLECTION

...
FSH
FLOF
FABRIQUONS DONC DES VÊTEMENTS POUR ENFANTS !
LÀ-BAS, JE N'AI RIEN DE SPÉCIAL À FAIRE...
POUR QU'ON ÉCOUTE MON OPINION...
FUIT
IMPOSSIBLE DE TROUVER LE SOMMEIL !

發明
Yingt
REGARDE, MIYO !
COMMENT TU LE TROUVES ?!
OUAH, FORMIDABLE ! VOUS AVEZ DÉJÀ FINI ?!
QU'EST-CE QUI T'ARRIVE ?
TU N'AS PAS DORMI DE LA NUIT ?
JE ME SUIS ENTRAÎNÉE CHEZ MOI JUSQU'À PRENDRE LE COUP, PUIS JE SUIS VENUE ICI DE BONNE HEURE POUR FAIRE UN ESSAI...
UNE FOIS BIEN ÉTUDIÉ, CE VÊTEMENT N'EST PAS SI COMPLIQUÉ À REPRODUIRE !
GÉNIAL, C'EST TRÈS JOLI !
LE SEUL PROBLÈME, C'EST QUE LES HABITS SERRÉS NE VONT PAS À TOUT LE MONDE...
POUR DU PRÊT-À-PORTER, IL VAUDRAIT PEUT-ÊTRE MIEUX DES FORMES PLUS AMPLES !

AMPLES...
COMME DES MANCHES BOUFFANTES ?
AVEC DES CORDELETTES POUR LES AJUSTER PLUTÔT QUE DES BOUTONS, PAR EXEMPLE...
OUI !
VOILÀ, EXACTEMENT !
ILS IRAIENT À TOUS LES GABARITS, COMME ÇA !
LÀ...
DANS CE STYLE !
紐*
UN PLI ICI, CE SERAIT JOLI, NON ?
BONNE IDÉE !
HÉ HÉ...
...
RAJOUTONS UNE PLISSURE, ALORS !

*Corde

MADEMOISELLE TAMA...
VOUS SEMBLEZ SI POSITIVE ET ENJOUÉE...
ET VOUS AVEZ TOUJOURS L'AIR HEUREUSE !
JE NE SAIS PAS COMMENT LE DIRE, MAIS...
ON A L'IMPRESSION QUE VOUS AVEZ ÉTÉ CHOYÉE PAR DES PARENTS TRÈS ATTENTIONNÉS !
DOMMAGE, TU N'Y ES PAS DU TOUT...
HA HA !
HEIN ?
JE SUIS NÉE DANS UN QUARTIER DE PLAISIRS, JE N'AI JAMAIS EU DE PARENTS !
À MARUYAMA...
ON NE NOUS RÉVÈLE JAMAIS QUELLE COURTISANE EST NOTRE MÈRE, POUR QU'ON NE S'ATTACHE PAS...
JE NE SAIS MÊME PAS SI LA MIENNE EST MORTE OU VIVANTE !

*Revers large **Corde ***Manche

*Vêtements à l'occidentale pour femmes et enfants
**Prêt-à-porter
***On recherche couturière

Jusqu'alors, les gens s'habillaient de façon plutôt relâchée. Mais, suite à l'établissement en 1872 d'une loi sur les délits mineurs intitulée "Arrêté sur les manquements à l'étiquette", la tendance a changé et il est devenu plus rare d'être torse nu en public.

→ Lui est encore très débraillé.

*Habit pour femme 65 sens

MAIS C'EST LE GENRE DE PROBLÈME QU'IL FAIT BON AVOIR !
ET C'EST GRÂCE À VOUS TOUS, MERCI !
J'AI APPORTÉ DU TOFFEE, SERVEZ-VOUS !
VOUS L'AVEZ BIEN MÉRITÉ !
OUAH, ÇA A L'AIR DÉLI-CIEUX !
BON APPÉTIT !
CLAC
BON, J'Y VAIS...
D'AC-CORD ...
SOIS PRUDENTE EN CHEMIN !
AU REVOIR !
DITES ...
MONSIEUR MOMO...

OUI ?
QUOI DONC ?
JE PEUX...
VENIR ICI...
TOUS LES JOURS, N'EST-CE PAS ?
PFF...
TU TE POSES ENCORE LA QUESTION ?
JE VAIS TÂCHER...
D'ÊTRE UN PEU PLUS ASSURÉE...
JE FERAI DES EFFORTS, C'EST PROMIS !
ENTEN-DU...
CETTE BOUTIQUE A BESOIN DE TOI...
JE COMPTE SUR TON AIDE !

Cabinet of Takahama

5 L'UNIFORME DE MARIN

Les uniformes de la marine connurent une hausse de popularité lorsque, au XIXe siècle, des images du tout jeune prince de Galles Albert Édouard vêtu de la sorte enchantèrent le monde entier. L'uniforme marin devint ainsi un vêtement pour femmes et pour enfants. Dans la seconde moitié du XIXe siècle et au début du XXe, il devint l'uniforme de nombreux systèmes éducatifs, de la maternelle au lycée, jusqu'à être enfin adopté au Japon également. À propos, c'est mon uniforme de collège que Miyo porte sur la page de titre de ce chapitre !

Il semble que, de manière générale, les Japonais (surtout les femmes et les enfants) se soient mis à porter des habits occidentaux un peu plus tard qu'à la période dépeinte ici ; mais des documents montrent qu'à Nagasaki, les courtisanes de Maruyama se faisaient tirer le portrait au studio du photographe Hikoma Ueno vêtues à l'européenne, et certaines photos du quartier de Kajiya prouvent qu'on y trouvait déjà des tailleurs dans les années 1890. Il est donc possible que cette ville ait été assez en avance sur son temps.

Les Japonais de l'époque portaient souvent le kimono ouvert, se vêtaient de façon si relâchée qu'ils étaient presque nus, les femmes pouvaient pratiquer le sumo, on trouvait des bains publics mixtes, les tireurs de pousse-pousse exhibaient de magnifiques tatouages… Toutes sortes de coutumes qui surprenaient beaucoup les visiteurs étrangers. Piqué, le gouvernement lança donc une campagne pour inciter les gens à s'habiller "convenablement", de sorte que porter son kimono de façon élégante, le col bien serré, est devenu la norme. J'ai grandi à la campagne, où les bains mixtes ne posent de problème à personne. Je me dis que c'est peut-être le signe que les politiques du gouvernement n'ont pas atteint les îles les plus reculées de l'archipel.

Numéro 6 Le lapin à lunettes et la lanterne magique

FREDDY's TAILOR
PRESQUE TOUT EST LÀ...
IL NE RESTE PLUS QU'À ATTENDRE QUE MOMO SOIT PRÊT !
PFIOU
QUELLE SUÉE ! SI ON ALLAIT SOUFFLER À L'INTÉRIEUR...
AUTOUR D'UN THÉ ?
AH !
DITES, GANJI...
HEIN ?
JE PEUX VOUS DEMANDER QUELQUE CHOSE ?

*I ro ha ni ho he to

ENCORE 42 CARACTÈRES À APPRENDRE ET APRÈS, LES KANJIS...
J'AI LE VERTIGE...
TU EN ES CAPABLE !
MON-SIEUR MOMO...
CONNAÎT L'ANGLAIS ET LE JAPONAIS ?
AINSI QUE LE HOLLANDAIS, LE FRANÇAIS ET UN PEU DE CHINOIS !
C'EST VRAI ?! INCROYABLE !
IL EST ALLÉ DANS UNE ÉCOLE PRIVÉE ?!
JE CROIS SURTOUT QU'IL PASSAIT BEAUCOUP DE TEMPS DANS LE SECTEUR ÉTRANGER !
IL A APPRIS TOUT SEUL ?! C'EST ENCORE PLUS FORT...
JE NE SAIS JAMAIS CE QU'IL PENSE...
ET IL FAIT TELLEMENT L'IDIOT QUE PARFOIS, JE M'INQUIÈTE POUR LUI...
MAIS IL EST VRAIMENT INTELLIGENT, ALORS...
IL NE LE LAISSE PAS SOUVENT PARAITRE, CELA DIT...

EN PLUS...
IL NE PARLE DE RIEN EN DEHORS DU TRAVAIL...
IL EST DUR À CERNER !
TOI NON PLUS, TU NE DIS RIEN !
À LA PLACE, TU RONCHONNES...
AH ?!
ENFIN... C'EST VRAI QUE...
VU DE L'EXTÉRIEUR, JE DOIS AVOIR L'AIR PAREIL...
SALUT, MOMO !
ALLONS-Y, JE NE VAIS PAS VOUS FAIRE ATTENDRE PLUS LONGTEMPS !
IL N'Y A PLUS QU'UNE CAISSE À CHARGER !
AH !
ALLEZ, MIYO, BOIS VITE TON THÉ !
D'AC-CORD !
ゴク
GLOU
AU FOND...
JE NE SAIS ENCORE RIEN DE LUI...

*Restaurant Suigetsu

*Maison de Sonton
Vente d'articles d'importation et projection de lanterne magique à partir de 18 h.

J'AI ENCORE UN LONG CHEMIN À FAIRE...
PFF...
JE NE RECONNAIS QUE DEUX CARACTÈRES, AINSI QUE LES MOTS "MAGIC LANTERN"...
ET JE NE SAIS MÊME PAS CE QU'ILS VEULENT DIRE...
SINGER MACHINE
MADE-MOISELLE TAMA !
CETTE FILLE N'EST PAS UNE GEISHA, ENFIN !
TU TRAVAILLES DANS LE QUARTIER ?
OH, COMME TU ES MI-GNONNE !
EUH...
SOYEZ LES BIENVENUS !
ALLONS...
MONSIEUR SAKAI !

VIENS ME VOIR QUAND TU VEUX !
VOUS ÊTES VENUE NOUS FILER UN COUP DE MAIN ?!
OUI, IL VAUT MIEUX DES FEMMES POUR CE GENRE D'ÉVÉNEMENT !
SHIRATAMA !! COMMENT TU TE PORTES ?!
TU AS ENFIN TROUVÉ CHAUSSURE À TON PIED ?
JE SUIS ENCORE CÉLIBATAIRE !
HÉ HÉ !
AU FOND, LE PATRON D'UNE MINE DE CHARBON...
À CÔTÉ DE LUI, C'EST LE PREMIER VENDEUR DE SOIERIES DE NAGASAKI...
L'HOMME DE DROITE EST UN CÉLÈBRE ÉLEVEUR DE VERS À SOIE...
BELLE BROCHETTE DE NOTABLES...
ILS S'INTÉRESSENT TOUS AUX AFFAIRES DE MOMOTOSHI !
LE MONSIEUR DE TOUT À L'HEURE EST UN CONSTRUCTEUR NAVAL TRÈS FORTUNÉ !
OH, VRAIMENT ?
PAS TRÈS COURTOIS MAIS INTÉRESSANT !
HI HI !
REGARDE, LÀ-BAS !
MADAME KEI OURA EST VENUE !
JE VOIS...
ÇA ALORS...
AH...

KEI...
OURA ?
C'EST UNE FEMME EXCEPTIONNELLE, ON L'APPELAIT "LA GRANDE DAME DE NAGASAKI" !
COMME TU VIENS DE KUMAMOTO, TU N'AS PEUT-ÊTRE PAS ENTENDU PARLER D'ELLE...
ELLE S'EST LANCÉE DANS L'EXPORTATION DE THÉ ET A BÂTI UNE FORTUNE IMMENSE DE SES MAINS !
HÉLAS, ELLE A ÉTÉ VICTIME D'UNE ESCROQUERIE IL Y A QUELQUES ANNÉES...
IL Y A EU UN PROCÈS QUI L'A MISE SUR LA PAILLE...
IL PARAÎT QU'ELLE A DÛ SE DÉPARTIR DE TOUS SES BIENS POUR PAYER LES DOMMAGES ET INTÉRÊTS...
AH BON...
JE PENSAIS QU'ELLE AVAIT PRIS SA RETRAITE DEPUIS...
MAIS ON DIRAIT QUE NON...
FSH
?!
TAC
OOH !
BLA BLA

OUAH ...
MESDAMES ET MESSIEURS, MERCI DE VOTRE PRÉSENCE ICI CE SOIR...
NOUS TIENDRONS UNE VENTE D'ARTICLES D'IMPORTATION COMME PROMIS...
MAIS AVANT CELA, JE VOUDRAIS VOUS PRÉSENTER LES DERNIÈRES AVANCÉES TECHNIQUES D'EUROPE.
VOICI TOUT D'ABORD UN APERÇU DE L'EXPOSITION UNIVERSELLE QUI S'EST OUVERTE À PARIS IL Y A TROIS MOIS...
ICI, LE PALAIS DU CHAMP-DE-MARS...
L'AQUARIUM ...
D'IMMENSES BASSINS REMPLIS D'ANIMAUX AQUATIQUES...
UN GIGANTESQUE BUSTE DE LA LIBERTÉ...

ILS ONT CONSTRUIT UNE GARE SUR LES LIEUX DE L'EXPOSITION...
AFIN QU'ON PUISSE S'Y RENDRE DIRECTEMENT DEPUIS LA PLUPART DES GRANDES VILLES D'EUROPE !
ET, COMME VOUS POUVEZ LE CONSTATER DEVANT CES BÂTIMENTS...
LEURS CAPACITÉS TECHNOLOGIQUES SURPASSENT DE LOIN CELLES DU JAPON...
FSH
AH, VOILÀ QUI EST INTÉRESSANT AUSSI...
CE PLANCHER EST ÉQUIPÉ DE CANALISATIONS SOUTERRAINES REFROIDISSANT TOUT LE BÂTIMENT...
JE N'EN CROIS PAS MES YEUX...
C'EST À ÇA QUE RESSEMBLE L'EUROPE, MAINTENANT ?
BLA
BLA
ET VOICI LE CLOU DU SPECTACLE...
DES MACHINES À VAPEUR QUI PERMETTENT DE MOUVOIR BATEAUX, LOCOMOTIVES ET AUTRES ENGINS IMMENSES GRÂCE À L'ÉNERGIE PRODUITE PAR LA COMBUSTION DU CHARBON !
BLA BLA
VOICI ENSUITE LA MONTGOLFIÈRE...
CETTE ATTRACTION PERMET DE MONTER À 600 MÈTRES D'ALTITUDE ET LE TICKET NE COÛTE QUE 1 FRANC...
SOIT ENTRE 15 ET 20 SENS POUR NOUS !
ILS ARRIVENT À VOLER AVEC UN SIMPLE BOUT DE TISSU ?!

PASSONS MAINTENANT À...
LES IMAGES QUE PROJETAIT LA LANTERNE MAGIQUE DÉPASSAIENT DE LOIN TOUT CE QUE J'IMAGINAIS...
AU BOUT D'UN MOMENT ...
JE NE POUVAIS PLUS QUE M'ABSORBER DANS CES VISIONS, LES YEUX ÉCARQUILLÉS...

TANDIS QUE JE TERGIVERSAIS ET M'APITOYAIS SUR MON SORT...
LE MONDE ÉTAIT EN PLEINE EFFERVES-CENCE.

COMBIEN DE MER-VEILLES...
CET HOMME AVAIT DONC VUES AU-DELÀ DES FRONTIÈRES ?
MOI AUSSI...
JE VEUX EN SAVOIR PLUS !
BOBOM

BLA
BLA
BLA
CINQ MACHINES À COUDRE...
OUI ... ENTEN-DU !
CINQ, HEIN ?
AVEC TOUS LES ACCESSOIRES !
ET JE SOUHAITERAIS M'INSCRIRE AUX COURS D'INITIATION À LA COUTURE OCCIDENTALE !
COMBIEN DE PHONO-GRAPHES AVEZ-VOUS EN STOCK ?
HMM ...
TROIS POUR L'INSTANT ...
MAIS NOUS DEVRIONS EN RECEVOIR QUINZE AUTRES LA SEMAINE PROCHAINE...
MIYO ...
CES GENS DE L'HÔTEL BELLE-VUE...
VOUDRAIENT DES TENUES POUR FEMMES MODÈLES "I" ET "HA", VINGT DE CHAQUE !
BIEN !
VINGT "I" ET VINGT "HA", C'EST NOTÉ !

C'EST DÉCIDÉ, J'APPRENDS LES CINQUANTE KANAS AVANT DEMAIN...
JE VAIS TROP LENTEMENT AVEC LES CARACTÈRES LATINS...
berubyu hoteru
fujin fuku 1 ... 20
... 20
CRR
CRR
Nagasaki Kougyo
Sewing machin
... 5
Bihin f
OCCUPE-TOI DE ÇA AUSSI !
OUI...
TOUT DE SUITE !
CLOP
CLOP
CLOP
CLOP

OUI ...
MERCI POUR TOUT, TAMA !
BON ...
À DEMAIN !
VRSH
CRR
CRR
TIENS ?
JE CROYAIS QUE TAMA VIVAIT SEULE...
FOUAAAH...
DE LA LUMIÈRE ?
BAH, CHACUN SES PETITS SECRETS...
ÇA VEUT DIRE QUE VOUS AVEZ LES VÔTRES, VOUS AUSSI ?
...
HÉ HÉ !
PEUT-ÊTRE BIEN QUE OUI...
ET PEUT-ÊTRE BIEN QUE NON !

CETTE MADAME OURA QUI ÉTAIT PRÉSENTE CE SOIR...
AH...
D'AILLEURS ...
ET VOILÀ...
VOUS VOUS DÉROBEZ ENCORE !
HIN HIN !
HMF...
ZZZ
RRRON
ZZZ
...

EST-CE QU'IL EST PLUS MALIN QU'IL NE LE LAISSE PARAÎTRE ?
PLUS ADULTE ? JE N'ARRIVE PAS À SAVOIR...
ZZZ
TSS, IL PERD SES LUNETTES...
JE VAIS LES LUI ENLEVER, QU'ELLES NE SE BRISENT PAS...
FSH
!
ZZZ
ZZZ

MAIS...
MAIS...
MAIS...
BOBOM
IL EST SI BEAU GARÇON QUE ÇA, EN VÉRITÉ ?!
AÏE, QUE FAIRE ?
HMM...
BOBOM BOBOM BOBOM
J'AI L'IMPRESSION D'AVOIR VU QUELQUE CHOSE D'INTERDIT...
HMM, JE ME SUIS ENCORE ASSOUPI...
TIENS ?
MES LUNETTES...
AH, DÉSOLÉE...
ELLES SONT LÀ !
JE VOULAIS LES METTRE EN SÛRETÉ...

MONSIEUR ...
OH...
VOS YEUX...

Cabinet of Takahama

6 LE GUIDE DE L'EXPOSITION UNIVERSELLE

À cette époque, l'Exposition universelle disposait déjà d'un guide officiel renfermant toutes sortes d'informations à destination des visiteurs venus de loin, comme les moyens de locomotion à Paris, les hôtels, les lieux touristiques, les bureaux télégraphiques et autres. Au passage, lors de l'Exposition universelle de 1851 à Londres, on y vendait du Schweppes comme boisson officielle : le concept de "produit officiel de..." existait donc déjà à l'époque.
J'ai sélectionné ici quelques-unes des vues de l'Exposition que Momotoshi présente dans ce chapitre.

Le téléphone d'Alexander Graham Bell

Grande cérémonie où tous les pays sont présents. C'est peut-être le Japon qu'on voit au premier plan. Je présenterai aussi des articles japonais plus tard, avis aux amateurs !

Le dispositif d'Augustin Mouchot permettant de capter la lumière solaire pour alimenter une machine à vapeur reçoit une médaille d'or.

La gare du Champ-de-Mars, située sur les lieux de l'Exposition, a ensuite été déplacée près de Bois-Colombes, où elle se trouve encore de nos jours.

Numéro 7 Derrière les lunettes

MONSIEUR ...
VOS YEUX...
ILS SONT BLEUS...

FUIT
AH !
P...
PARDON !
J...
JE NE VOULAIS PAS...
TU AS VU, HEIN ?
QUOI ?
GLOUPS
TU NE ME LAISSES PLUS LE CHOIX, JE VAIS ÊTRE OBLIGÉ...
DE TE TUER !
GROAR !
H...!!
GRR !
GRAAH !
VSH

BRRR
HIII ...
HÉ HÉ...
HÉ...
JE SUIS...
DÉSOLÉE...
IDIOTE !
TU AS CRU QUE J'ALLAIS T'AVALER TOUTE CRUE ?
PLOF
HI HI !
?!
MONSI...
PFF...
RASSURE-TOI, LA COULEUR DE MES YEUX N'EST PAS UN SECRET...
J'EN AI JUSTE ASSEZ DE DEVOIR FOURNIR DES EXPLICATIONS TOUT LE TEMPS !
J'AI UN PÈRE ÉTRANGER...
J'IGNORE SON NOM...
MA MÈRE N'A JAMAIS PARLÉ DE LUI !

AH BON ?
ALORS...
VOUS ÊTES NÉ À MARUYAMA, COMME TAMA ?
NON...
MAIS CE SERAIT TROP LONG À EXPLIQUER...
POUR FAIRE SIMPLE, DISONS QUE MA MÈRE EST UNE SIRÈNE !
HEIN ?!
OUI, ELLE A RÉUSSI À PARTIR POUR L'ÉTRANGER À LA NAGE AVANT MÊME L'OUVERTURE DU PAYS !
ET UN JOUR, EN HAUTE MER, ELLE A RENCONTRÉ UN PRINCE SUR UN BATEAU...
PUIS JE SUIS NÉ...
PEUT-ÊTRE.
VOUS AVEZ...
SI PEU CONFIANCE EN MOI ?
OU BIEN C'EST QUE JE SUIS ENCORE UNE ENFANT ?
HÉ HÉ !
TAP ぽん ぽん TAP
JE SAVAIS QUE TU DIRAIS ÇA !

MA MÈRE S'EST EMBARQUÉE CLANDESTI-NEMENT...
TOUTE SEULE, À VINGT ANS.
ELLE EST PARTIE À LA DÉCOUVERTE DU MONDE !
OH...
COMME SA FAMILLE N'AVAIT PAS D'HÉRITIER MÂLE, ELLE DEVAIT SE MARIER...
MAIS ELLE SOUHAITAIT VOIR LE MONDE DE SES PROPRES YEUX AVANT !
POUR UNE FILLE DE SON ÂGE, ÇA A DÛ ÊTRE UNE EXPÉRIENCE VERTIGINEUSE !

PUIS ELLE EST TOMBÉE AMOUREUSE D'UN HOMME AUX YEUX BLEUS...
MAIS LA LOURDE RESPONSA-BILITÉ DE REPRENDRE LES RÊNES DE SA FAMILLE LUI INCOMBAIT TOUJOURS...
ELLE A DONC DÛ REVENIR LA MORT DANS L'ÂME...
AVEC ...
UN SOUVENIR IMPRÉVU DANS SES BAGAGES !
ELLE N'ÉTAIT TOUJOURS PAS MARIÉE ET PERSONNE N'AURAIT VOULU D'UNE FEMME AVEC UN ENFANT AU VISAGE SI ÉTRANGE...
ALORS, APRÈS M'AVOIR DONNÉ NAISSANCE EN SECRET, ELLE M'A CONFIÉ À UNE FAMILLE D'ADOPTION !
JE VOIS...

PAR CHANCE, MON PÈRE ADOPTIF EST UN TYPE BIEN SOUS SES DEHORS D'OURS, MAIS TU LE CONNAIS TOI AUSSI !
!
ET LA FAMILLE DE MA MÈRE LUI VERSAIT UNE PENSION, ALORS JE N'AI PAS VRAIMENT SOUFFERT DE QUOI QUE CE SOIT...
ET PUIS, ON VOIT PARFOIS DES MÉTIS À NAGASAKI !
ALORS ...
VOUS N'AVEZ JAMAIS CONNU VOTRE MÈRE ?
C'EST COMPLIQUÉ...
GANJI LUI AVAIT SANS DOUTE DONNÉ SA PAROLE...
CAR IL NE M'A PAS PARLÉ D'ELLE UNE SEULE FOIS...
CEPENDANT, UN JOUR QU'IL ÉTAIT PARTI TRAVAILLER À DEJIMA...
J'AI REMARQUÉ UNE FEMME QUI M'OBSERVAIT DE LOIN.
AU DÉBUT, JE ME SUIS DIT QUE C'ÉTAIT L'ÉPOUSE JAPONAISE D'UN HOMME DU COMPTOIR, OU BIEN UNE BONNE...
MAIS QUELQUE CHOSE EN ELLE M'INTRIGUAIT...
FSH

ALLONS, MOMO !
TU NE DOIS PAS JOUER ICI !
TAP バタ TAP バタ
JE ME SOUVIENS ENCORE DE LA SCÈNE QUE J'AI VUE CE JOUR-LÀ...
LA FEMME QUE JE VENAIS DE VOIR...
UNE DAME DE PETIT GABARIT À L'AIR POSÉ...
ÉTAIT EN TRAIN DE VENDRE DU THÉ À UN ÉTRANGER ...
ET ELLE PARLAIT SA LANGUE SANS INTERPRÈTE !

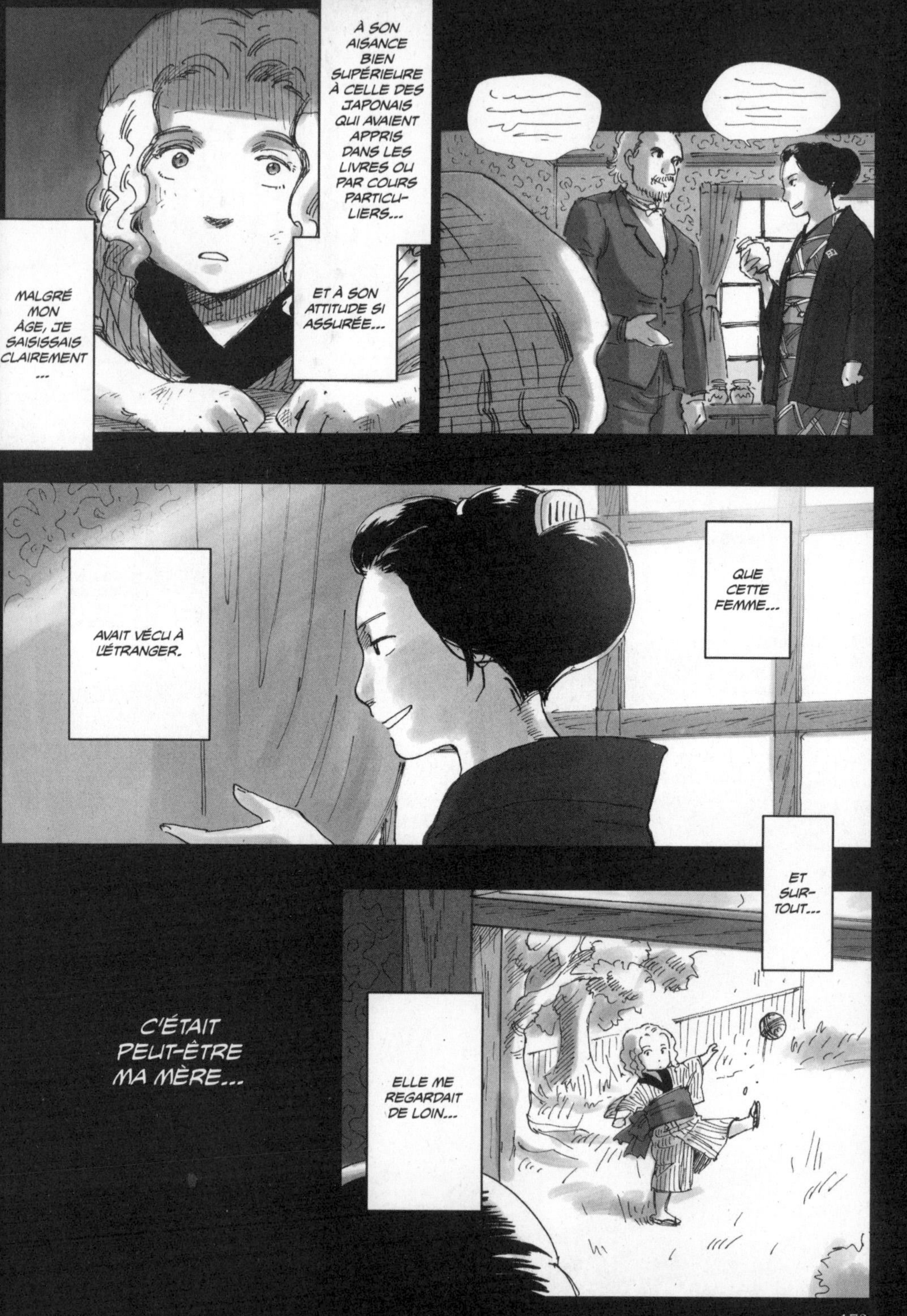
MALGRÉ MON ÂGE, JE SAISISSAIS CLAIREMENT ...
À SON AISANCE BIEN SUPÉRIEURE À CELLE DES JAPONAIS QUI AVAIENT APPRIS DANS LES LIVRES OU PAR COURS PARTICULIERS...
ET À SON ATTITUDE SI ASSURÉE...
QUE CETTE FEMME...
AVAIT VÉCU À L'ÉTRANGER.
ET SURTOUT...
ELLE ME REGARDAIT DE LOIN...
C'ÉTAIT PEUT-ÊTRE MA MÈRE...

ALLONS, MOMO !
NE RECOMMENCE PAS !
TAP TAP
GANJI, GANJI !
JE CROIS QUE J'AI VU MA MÈRE !
HÉ LÀ...
FAIS ATTENTION !
TU POURRAIS TE BRÛLER !
AU CINQUIÈME JOUR, GANJI A FINI PAR CÉDER...
TU ES AUSSI TÊTU QU'ELLE, MA PAROLE...
PFF...
ET LE MYSTÈRE DE MA NAISSANCE S'EST ÉCLAIRCI...
MAIS JE NE SUIS JAMAIS ALLÉ LA VOIR.
PETIT DÉJÀ, JE SENTAIS QU'ELLE AVAIT EU SES RAISONS DE M'ABANDONNER...
JE ME SATISFAISAIS DE SAVOIR QU'ELLE M'OBSERVAIT À DISTANCE DE TEMPS À AUTRE...
MÊME SI, BIEN SÛR, J'AURAIS PARFOIS VOULU ME RÉFUGIER DANS SES BRAS OU LUI POSER DES QUESTIONS SUR MON PÈRE !

QUAND J'AI ÉTÉ EN ÂGE DE VOYAGER HORS DU PAYS...
J'AI VU LE MONDE, MOI AUSSI, ET J'AI PU OBSERVER LES TRAITS DE TOUTES SORTES DE GENS...
MAIS JE N'AI JAMAIS TROUVÉ D'INDICE DÉCISIF !
AH BON...
ALORS VOUS N'AVEZ JAMAIS RIEN SU DE LUI ?
NON ...
AU DÉBUT, JE PENSAIS QUE MON PÈRE VENAIT PEUT-ÊTRE D'UNE CONCESSION BRITANNIQUE EN CHINE, SAUF QUE LES ANGLAIS ONT LES JOUES ROUGES ET L'AIR PLUS BOURRU QUE MOI...
LES HISPANIQUES ONT LES CHEVEUX FONCÉS ET LES YEUX PLUS SOUVENT VERTS OU MARRON QUE BLEUS, J'AI L'IMPRESSION...
LES FRANÇAIS ME SEMBLENT AVOIR LE VISAGE UN PEU PLUS AMÈNE...
ET LES GERMANIQUES ONT GÉNÉRALEMENT LE NEZ PLUS LONG !
ET DE TOUTE FAÇON...
AVEC UNE MOITIÉ DE SANG JAPONAIS, TOUT EST POSSIBLE...
JE N'AI AUCUN MOYEN DE SAVOIR...
AH, MAIS J'Y PENSE !!
IL Y A UNE SOLUTION !

MIYO, PRÊTE-MOI TA MAIN !
HEIN ?!
PLOF
M... MONSIEUR, ATTENDEZ !
!

EST-CE QUE TON DON...
TE PERMET DE VOIR QUI EST MON PÈRE ?
QU...
QU...
JE...
N...
NON...
ÇA NE MARCHE PAS SUR LES GENS !
BOBOM
BOBOM
BOBOM
HÉ HÉ HÉ !
HI HI !
HI HI HI !
HA HA !
HIN !
JE NE VOIS QUE LES PROPRIÉTAIRES DES OBJETS...
VSH
ET DE TOUTE FAÇON...
EUH...

JAMAIS VU UNE OIE BLANCHE PAREILLE !
HIN HIN
HIN HIN !
TU N'AS MÊME PAS DONNÉ LA MAIN À UN GARÇON UNE SEULE FOIS DANS TA VIE, JE ME TROMPE ?
HIII, QUELLE NOUILLE !
...
JE NE VAIS RIEN TE FAIRE, ENFIN ! HA HA !
TU ME DEMANDAIS SI TU ÉTAIS ENCORE UNE ENFANT...
JE CROIS QUE ÇA RÉPOND À TA QUESTION !
VOUS AVEZ FINI ?!
MON-SIEUR !
HA HA HA !
JE VOUS DÉTESTE !!
HÉ HÉ HÉ !
AÏE...
ARRÊTE !
VOUS VOUS MOQUEZ !!

CETTE NUIT-LÀ...
TANT DE CHOSES TROTTAIENT DANS MA TÊTE QUE JE N'AI PAS PU TROUVER LE SOMMEIL...
GNNN
FLAP
FLAP
TOUTES CES INVENTIONS FABULEUSES VENUES DU MONDE ENTIER, CES BEAUX OBJETS QUE JE VOYAIS POUR LA PREMIÈRE FOIS...
CES VOYAGEURS ÉBAHIS ET EUPHORIQUES...

CETTE FEMME PARTIE AU-DELÀ DES MERS À VINGT ANS...
LA MÈRE DE MOMO EST INCROYABLE.
ELLE AVAIT PRESQUE LE MÊME ÂGE QUE MOI...
QUEL GENRE DE FEMME C'ÉTAIT ?
NON, NON !
BLUSH
PAS BESOIN DE TE SOUVENIR DE ÇA AUSSI !
AH !
QUEL CRÉTIN, CE MOMO !
QUEL CRÉTIN !
ALLEZ, IL EST TEMPS DE DORMIR...

ELLE NE DORT TOUJOURS PAS...
TSS, QUELLE BÉCASSE...
CUI CUI CUI
OLD
ANTIQUE
PFF, JE ME SENS ENCORE TOUTE DRÔLE...
BOBOM BOBOM
JE DOIS PRENDRE UN AIR NORMAL !
KIII
KIII
RESPIRE À FOND...
BIEN, DÉTENDS-TOI UN PEU...
CRIII
AH !
QU'EST-CE QUE TU FABRIQUES ?
ENTRE VITE !

TIENS ?
IL EST COMME D'HABITUDE ...
TAP TAP
BOBOM BOBOM
...
OH, UN CLIENT !
BON-JOUR !
S... SOYEZ LE BIENVENU !
C'EST UN FABRICANT DE LUNETTES !
NOUS AVONS À PARLER, ATTENDS UN PEU !
JE PEUX ALLER ÉTUDIER LES KANAS, DANS CE CAS ?
PAS DE PRO-BLÈME !
SERS-TOI DE CE BUREAU !
ENTEN-DU...
ET DONC, MONSIEUR FUJIYAMA, J'AI ACHETÉ UN GRAND NOMBRE DE MONTURES...
JE VOIS, ALORS VOUS SOUHAITEZ COMMANDER LES VERRES CHEZ MOI ?

FSH
IL EXISTE TANT DE MODÈLES DIFFÉRENTS...
OH...
HMM ...
COMME JE VOUS LE DISAIS ...
...
J'AI COMME L'IMPRES-SION...
D'ÊTRE DEVENUE PLUS INTELLIGENTE ...
JUSTE UNE IMPRES-SION...

JE VOIS...
CE DOIT ÊTRE PLUS FACILE POUR LUI DE CACHER LA MOITIÉ DE SON VISAGE DERRIÈRE SES CHEVEUX ET SES LUNETTES...
IL A DIT QU'IL N'AVAIT PAS SOUFFERT PENDANT SON ENFANCE, MAIS J'EN DOUTE...
S'IL PRÉFÈRE CACHER SES YEUX BLEUS...
FRSH
FRSH
EN REVAN-CHE...
EST-CE QU'AU FOND, IL...
FRSH
SANS SES LUNETTES, IL SEMBLE PLUS LOQUACE ET PLUS LIBRE QU'À L'ACCOUTUMÉE.
AH !
MAIS...
JE NE FAIS QUE PENSER À LUI ?!
POURQUOI ?
ASSEZ...
JE DOIS ME CONCENTRER SUR MON APPRENTIS-SAGE...
SURTOUT QU'HIER, JE ME SUIS COUCHÉE SANS RIEN RÉVISER.
BON, CES SIGNES...
I RO HA NI HO...
HE...

JE ME SOUVIENS DE TOUS CEUX QUE J'AI ÉTUDIÉS HIER !
OH...
J'Y ARRIVE !
À CE RYTHME, J'ARRIVERAI BIEN À EN RETENIR UNE CINQUANTAINE !
VOYONS LE SUIVANT...
"L'ÉPOUSE JAPONAISE D'UN HOMME DU COMPTOIR, OU UNE BONNE...
UNE DAME DE PETIT GABARIT...
EN TRAIN DE VENDRE DU THÉ À UN ÉTRANGER SANS INTERPRÈTE..."
J'AI ENCORE DES PROGRÈS À FAIRE...
HMM...
CRR
CRR

DU THÉ...
"C'EST UNE FEMME EXCEPTIONNELLE, ON L'APPELAIT "LA GRANDE DAME DE NAGASAKI" !
ELLE S'EST LANCÉE DANS L'EXPORTATION DE THÉ ET A BÂTI UNE FORTUNE IMMENSE DE SES MAINS !"
"LA BOUTIQUE ELLE-MÊME EXISTE DEPUIS UN MOMENT...
MOMO Y VENDAIT DU THÉ ET DU TABAC !"
AH...
AAH...
AH !
EST-CE QUE PAR HASARD...

KEI OURA !
CE SERAIT ELLE, LA MÈRE DE MONSIEUR MOMO ?!

Cabinet of Takahama

7 LES LUNETTES

C'est en 1551 que le missionnaire François Xavier a introduit les premières lunettes au Japon. Au XVIIe siècle, on en fabriquait à Nagasaki. Dans les premiers temps, les verres étaient polis un à un par les mêmes artisans qui fabriquaient entre autres les miroirs.

Au XVIIIe siècle, de plus en plus de gens portaient des lunettes, mais il semble qu'ils les retiraient devant leurs supérieurs car elles leur donnaient l'air de se prévaloir de leur érudition.

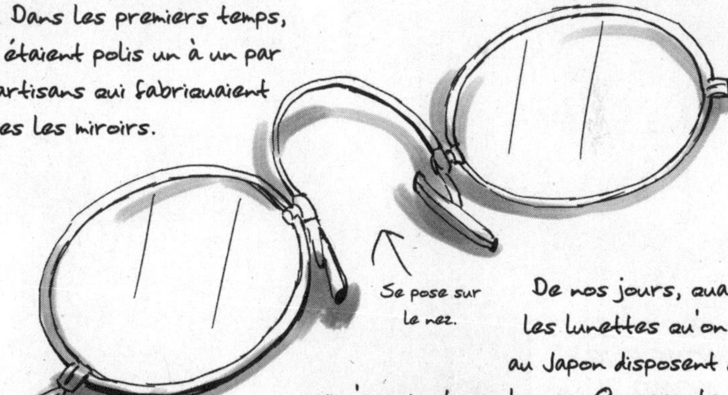

De nos jours, quasiment toutes les lunettes qu'on peut acheter au Japon disposent de plaquettes qui s'appuient sur le nez. On raconte que c'est une idée apparue ici car quand les Asiatiques, au nez bas, portaient des lunettes occidentales, leurs cils touchaient les verres.
Il paraît que les lunettes modernes nous viennent d'un homme du nom de Kametarô Asakusa qui, en 1873, a appris comment fabriquer des lunettes à l'Exposition universelle de Vienne avant de rentrer au Japon.
À propos, les premiers à avoir eu l'idée des lunettes de soleil seraient les Esquimaux, en faisant des entailles dans du bois ou de la peau.
(Voir illustration ci-dessus.)

La Lanterne de Nyx 1

Fin

Tandis que la fascination de Miyo pour les terres étrangères s'avive, Momotoshi vient faire à Kei Oura une proposition : se lancer dans une nouvelle entreprise tirant parti de la politique d'ouverture du gouvernement de Meiji et de la vague de japonisme qui déferle sur l'Europe depuis Paris...

Les événements s'accélèrent, prennent de l'ampleur, et l'histoire s'embarque pour la ville du progrès et des plaisirs !

À suivre dans le tome 2.

NYX NO LANTERN

Traduction depuis le japonais : Yohan Leclerc
Correction : Thomas Lameth
Lettrage : Anne Demars

Éditions Glénat
Couvent Sainte-Cécile – 37, rue Servan – 38000 Grenoble
ISBN : 978-2-344-03370-8
Dépôt légal : mars 2019

Imprimé en Italie en septembre 2019 par L.E.G.O. S.p.A.,
sur papier provenant de forêts gérées de manière durable

www.glenat.com